宮武由衣

# 魔女の香水

原書房

# 魔女の香水

目次

# プロローグ

渋谷の道玄坂《どうげんざか》を上っていくと、次第にギラギラとしたネオンと、猥雑《わいざつ》な空気が流れ込んでくるのがわかる。

そこは百軒店と呼ばれ、かつては映画館もあり文化の中心地とも言われていた。今は、ストリップ劇場や風俗店が並ぶなかに当たり前のように昔ながらのカレー屋や、クラシカルな名曲喫茶が軒を連ねている。

「魔女の店」は、賑やかな街路からひとつ奥に入った場所にあった。猫道と呼ばれる迷路のような道を通り抜けていくと、昭和のまま時を止めたような通りが現れる。魔女の店はその並びのひとつだった。今日も、常連客が魔女のもとを訪れている。ここにはたくさんの人が「記憶」を求めてやってくる。といっても、ここで買えるのは「記憶」ではなく「香水」である。

香りは記憶なのだ。例えば季節の変わり目に、ふと春の風を感じて気持ちが軽やかになったり、ああ夏の匂いがする、と子どもの頃のプールに入った記憶を蘇《よみがえ》らせ、秋の香りに気づくとなぜか胸が締め付けられ、そして冬になるとしんしんと降り積もる雪の匂いとともに遠い記憶が蘇ってきたりする。香りとともに、心の底にしまっていた大切な思い出や感情が溢《あふ》れ出すのだ。

　香水にもそうした記憶がついてまわる。

　魔女の店には今はなき香水に思い出を持つ人々が、その記憶を求めてやってくる。

「ゲランの〈ミツコ〉はね、年代によって実はいろんな〈ミツコ〉があるのよ」

　魔女は、常連客に同じ箱に入っているふたつの〈ミツコ〉を見せた。

　ひとつは細く長い香水瓶、もうひとつはゲランらしいコロンとした三角の蓋がついている香水瓶である。

「箱は同じなのに、中身が違うのね」

「世の中には似て非なるものがたくさんあるの」

「なあにそれ？」

　と常連客は、また魔女のお得意の謎かけのような哲学の話ねと笑った。

「愛と性欲。使命と野心」

常連客はじっと考え込んだ。

魔女は楽しそうに囁《ささや》いた。

「片方には人間に秘められた可能性が、もう片方には、欲望がつまってるのよ」

「そうね、言われてみればそうかもしれないわ」

「間違えやすいものって、この世にたくさんあると思わない？」

「それを導くのがあなたの仕事ってわけ？」

魔女はクスクスと笑い出した。「そんな大そうなものじゃないわよ」

ふたつの〈ミツコ〉をムエットという試香紙に吹き付けて、常連客に渡す魔女。

「この〈ミツコ〉はね、こちらは芸術品、こちらはお客様が求めた究極の姿。どちらが良いか悪いかって、それは私にもわからない」

常連客は片方のムエットを嗅いで目を閉じた。

「これは名香ね」

遠い遠い記憶の糸をたどるように、常連客は香りを深く味わった。

そんな彼女の様子を見つめて、魔女は目を細めて微笑んだ。客の表情を見るだけで魔女には分かるのだ。かつて身を焦がすような恋をしたのかもしれないと。そんな胸を熱くさせる記憶が存在していることに、魔女は共感を覚えずにはいられなかった。

# プロローグ

若林《わかばやし》恵麻《えま》は、渋谷にあるバンケットルームで働いている。朝は早くて夜は遅い。見た目は華やかな仕事だけど、食べ残しのある食器を積み重ねていくと信じられないほど重くなり、そのうえさらにグラスを片付け、お客様のパーティー中は何時間でもヒールのまま立ちっぱなしで足が痛くて立っていられないということも珍しくなかった。バックヤードではセクハラする上司までいて、見た目ほど上品な仕事ではなかったが、高卒にしては給料もよく、一流の人々とも接することができるこの仕事は、恵麻にとっては希望の光でもあった。

この仕事を始めて三年が経つ。まもなく契約期限を迎えようとしていたが、恵麻は仕事ができると周りからも評判が良く、いないと困ると言ってくれる先輩までいたので、契約継続になるのではないかと期待に胸を膨らませた。マネージャーの甘露寺《かんろじ》も、機嫌が良い時は恵麻に「君は正社員より優秀だよ」とか「君を早く昇格させなきゃな」と口走ることがあったので、期待されているのは間違いなかった。そうなれば同世代で友達になった篠《しの》塚《づか》久子《ひさこ》ちゃんとも晴れて同じ舞台に上がって仕事ができるという気がした。

彼女は本社から派遣されてきているエリートで、将来の幹部候補とも言われていて、いずれはこの渋谷の高級バンケットルームでマネージャーにもなろうという立場の人だった。そんな彼女と恵麻は同世代ならではの男性アイドルグループの話や趣味の話で盛り上がり、恵麻は久ちゃんと同じ世界の住人になったような気がして浮かれていたが、いっぽうで大きな格差を感じる時もあった。彼女には権限があって、自分には権限がない。会社の些《さ》細《さい》な設備や施設利用で、その差を感じることも少なくなかった。

しかしそれもあとわずかの辛抱だ。数か月後には恵麻も正社員となって、引け目を感じることなく久ちゃんと一緒に楽しく仕事ができるはず。その時には、いつもより何倍も空気も食べ物も美味しくて、ちょっと良い服なんかも着こなすようになっていたりする、グレードアップした自分がこの店にいるような想像が膨らんだ。

ある日、いつものように若いセレブが集まるパーティーの最中のことだった。セレブたちの華麗なドレスや装飾品にうっとりと目を奪われたり、足があまりにも痛くてこっそりヒールを脱いだり、積み重ねた皿に顔をしかめたりしていた時に、向こうで入ったばかりの若いアルバイトの女の子が、甘露寺マネージャーに耳元で何かを囁かれバックヤードに連れて行かれるのを恵麻は目にした。まさかと思いながら、ふたりが向かった先を追った。バックヤードに恵麻が近づくと、甘露寺がアルバイトの若い子に指導している声が聞こえてきた。

「もっと背筋を伸ばしなさい。そんな立ち姿じゃお客様に恥ずかしいだろう」

恵麻は嫌な予感がして背筋が寒くなるのを感じながら、そっとバックヤードの様子を覗き見た。

「うちの顔にふさわしくなってくれないと困るよ」と甘露寺は、執拗《しつよう》に彼女の二の腕や腹や腰まで触っている。彼女が嫌悪感に顔を歪めているのを見て、咄嗟《とっさ》に声をかけていた。

「あの……」

「なんだ」

甘露寺は、一瞬びくっとしてバツが悪そうに彼女から離れ、恵麻を睨《にら》みつけた。

「あの、甘露寺マネージャーにちょっとご相談がありまして……」

恵麻が話しかけた隙に、アルバイトの女の子は一目散に逃げ出して、恵麻とすれ違いざまに会釈していった。

甘露寺は恵麻を苦々しい顔で睨んでいる。

「――あの、今のってセクハラじゃないでしょうか？」

と言うと甘露寺は侮辱されたような怒りに目を見開き、しかし狼狽しながら「何を言ってる⁉」と言って目をそらした。

「あの子、怯えてたじゃないですか？」

恵麻がなおも言うと、怯《ひる》んでいた甘露寺は徐々に落ち着きを取り戻して、

「君は面白いなあ。人の心配より自分の心配をしたらどうだ？」と鼻で笑った。

急激に冷めた顔つきに変化していた。

「契約は今月までだろ」

吐き捨てるように恵麻に言い放った甘露寺は、普段感じさせなかった蔑《さげす》みのようなものを滲《にじ》ませて言った。

「早く次の働き先を探した方がいいんじゃないか？」

「――正社員になれるんじゃ」

恵麻の心の中にしまっていた淡い望みがつい口をついて出ていた。

その言葉を、勝ち誇ったように受け取った甘露寺は「君は本当にポジティブだね」と捨て台詞を吐いて、その場を立ち去った。残された恵麻の中に得体のしれない不安が湧き上がった。自分ごとき、その辺を這《は》っている虫を潰すぐらいに簡単に消すことができる。だからほんの少し正義感を持ったところで、簡単に消されてしまうんだと、社会で自分の前に立ちはだかる大きな壁を感じた。

――正しいと思ったことは社会では通用しない。そのことにまず驚くが、そのうえ、こんなにも簡単にクビを匂わせることにさらに大きく驚いた。今まで何度か恵麻の仕事ぶりに期待をかけるような言葉が甘露寺からもあったし、他の社員やスタッフからもあった。仕事は評価されているものだと思った。

「頑張れば夢は叶う」なんて大きな嘘なんだと恵麻は初めて実感した。どこかで誰かが自分を見ていてくれて、自分を助けてくれる、なんて大きな間違いで夢物語なんだと。

と同時に、久ちゃんのことを思った。彼女はきっと同じことがあってもこんなに簡単にクビにはできない。私とは立場が違うから。

きっとスタートから差がついていたんだ。

ひょっとしたら生まれた時から……。

世の中って本当に格差があるんだ――。まるで中世ヨーロッパのお姫様と下働きの召使いぐらいの差じゃないかな？

現代社会にもそういう身分の差があることに愕然とした。

数日後――。恵麻がいつものように仕事を終え、お風呂上がりにパンパンに腫れ上がった足をマッサージしていた時に、派遣会社から電話がかかってきた。

「先方から延長の予定はないとのことで、契約は当初の予定で満了となります」
「そう……ですか。わかりました……」
甘露寺の言葉から予想していたことだが、現実になると大きな喪失感がのしかかった。期待していたのが悪いのか？　期待させた人たちが悪いのか？　あの時、小さな正義感なんて出さなければ事態は変わっていたのか？　そんなことを考えても堂々巡りでしかない。

いつしか、恵麻は自分の価値について考えるようになっていた。二十二歳の自分の価値について考えるほどの経験もないけれど、テレビをつければ自分と同じ歳くらいの女の子たちが大人気だ。彼女たちはきっと大金を稼いでいるのだろう。

恵麻の脳裏にふとよぎったのは、道玄坂界隈でいつもすれ違う女たちに声をかけてまわっているモジャモジャ頭の男のことだった。

あの男は、いつも私には目もくれず、派手でスタイルの良い女性にばかり声をかけている。あの声をかけた先にはいったい何が待っているのだろうか？　そして、どうして私には声をかけないのだろうか？

そう思い始めたら恵麻はいてもたってもいられず、上着を羽織ってマフラーを巻いて外へ飛び出していた。

恵麻の家は、神泉の駅前にあった。母の実家の旅館がそこにあって、先祖代々この土地に住んでいたのだが、やがて文化の発信地が渋谷の谷底の方へ移っていったのにあわせてあたりの置屋は廃《すた》れ、旅館も潰れてしまい、夫婦で和菓子屋を始めた。伝統ある上生菓子ではなく、旅館時代から受け継がれた手作り感溢れる団子やおこわ、赤飯まで置いている和菓子屋は、ご近所さんからは評判が良かったが、それほどお客さんは来なかった。恵麻の父親は和菓子屋だけでは稼げないからと、新しい事業に手を出し、和風スイーツを出すカフェを何店か展開したが失敗に終わった。そして借金を抱えたまま、ある日、恵麻たちの前から姿を消した。

渋谷の老舗フィリピンパブのホステスと駆け落ちしたという噂もあった。

人というのは本当にわからない。人間の奥底までを覗くことはできない。それはたとえ家族でさえもだ。

その後の母は、人が変わったようにその美しさに影を落としていった。昔はおしゃれが大好きで、いつも恵麻の学校に来る時はしっかりと化粧をしていた。

そんな華やかな装いをしていた母は、ある時から髪も切らず、同じ服を汚れたまま着続けるようになり、やがてその髪は真っ白に変化していった。ヒステリックだった性分もなりを潜めて、いつもどこか寂しげで虚《うつ》ろな目をするようになった。人というのはこんなに変わってしまうものなのかと恵麻は驚いたものだった。その母は、二年前に亡くなった。母の代わりに働こうと決めて、ようやく仕事に慣れてきた頃のことだった。

母が亡くなった後も、恵麻はこの土地から離れることができなかった。母と住んでいた実家からすぐ近くの古いアパートで１ＤＫを借りて引っ越した。母との思い出の品はだいぶその時に捨ててしまったが、今でも部屋に飾っているものもある。

そのひとつが母がつけていた香水だ。

オリザ ルイ ルグランの〈Héliotrope《エリオトロープ》〉。

その甘やかで優しい香りはまさしく母の香りだった。

瓶の中にわずかに残された母の香りは、時とともに少しずつ変化していったが、それでも近くに行くと微かに漂う香りが、恵麻の胸を締め付けた。

神泉から猫道を抜けていくと、ネオンの瞬きと人込みの奥に、いつものあのモジャモジャ頭の男の姿があった。

「君可愛いねぇ」「ねえねえ、もっと稼ぎたいとか思わない？」

彼はまるでその場所がステージであるかのように振る舞っていた。百軒店を縦横無尽に歩き回り、大きな身振り手振りで行き交う美しい女性たちに声をかけていた。歳は二十代後半ぐらいだろうか。

恵麻に、その男に声をかけられてみたいという、不思議な気持ちが湧き起こっていた。いったいどういう基準であの男は声をかけているんだろう？　私があの男のすぐそばを歩いたら同じように声をかけるんだろうか？

何をもって、ひとりの女に価値があるかどうか判断しているのか？

「男と女の生涯年収ってどれぐらい違うと思う？」

という男の質問に、ふとひとりの美しい女が足を止めた。

「女性がいちばん稼げるのって二十五歳がピークなんだ。そこからどんどん下がっていく。でも男性の場合は逆で」

美しい女は男を一瞥《いちべつ》して去っていったが、恵麻はその続きが聞きたかった。女の価値と男の価値が違うとはどういうことだろうか？　恵麻はいてもたってもいられなくなり、物陰から飛び出して男の前を歩き出した。

紺色のパーカーを重ね着して着膨《きぶく》れし、ゆったりしたジーパン姿に顔が隠れるぐらいまでマフラーを巻いた恵麻は、男がそれまで声をかけてきた女たちとは明らかに異質だった。

モジャモジャ頭の男は、恵麻が眼前に近づいてきた瞬間ふっと目をそらした。恵麻はしばらく存在をアピールするように男の前を歩いてみたものの、男はそっぽを向いている。いくらなんでも何かの間違いかと思い、恵麻はUターンして、また男のすぐ近くを歩いていった。しかし、男はまた同じように恵麻から顔を背けた。

軽い衝撃を受けながらも、恵麻は男に近づいていって、「あの……」と話しかけていた。

男は怪訝《けげん》な顔で振り向く。

「……私だったらいくら稼げると思います？」

「は？」と男は目を丸くした。

「いつもここでスカウトしてますよね？」

「だったら何なの？」

「私……稼げるようになりたいんです」

男は、恵麻をしげしげと見つめて「ふうん？」と面倒くさそうに言った。

「さっき言ってましたよね？　女がいちばん稼げるのは二十五歳までだって」

ぽかんとしている男に恵麻は「それってどういう意味ですか？　詳しく教えてください」と詰め寄った。

男は顔をしかめて「……あんた風俗とかやるわけ？」と呟く。

恵麻は〝風俗〟と聞いてイメージがぼんやりとしか湧かなかった。実際そこで具体的にどんなことをするかなんて、遠い世界の話だと思っていた。

「――詳しく聞かせてください」

モジャモジャ男はしばらく考え込んだ後、何かを決意したように「じゃ、ついてきな」と言って歩き出した。恵麻は慌ててその後をついていった。

それがまさか、不思議の国へ迷い込むきっかけになるとは思ってもみなかった。

モジャモジャ男に連れられて、迷路のような猫道を歩いていった恵麻は、百軒店の中でそこだけ時間が止まってしまったような古びた商店街の通りに出た。

その並びにあるひとつの店の前に、小さな椅子があった。その上にはまるで玉座のように赤いビロードのクッションが敷かれ、そこに白いモフモフの毛をした立派だけれど不機嫌な顔立ちをした猫が鎮座していた。モジャモジャ男は、突然、その猫の前に駆け寄り、

「元気だったかぁ？」と猫撫で声を発した。

モフモフの白猫を嬉しそうに撫で回し、破顔している男に呆気《あっけ》にとられていた恵麻は、ふとその店のショーウィンドウに、目を留めた。

そこには輝くばかりの芸術的なガラス瓶が並んでいて、いちばん上の真ん中には母が使っていた香水〈Heliotrope《エリオトロープ》〉が飾られていた。急に心臓をつかまれたような感覚を覚え、恵麻は立ち尽くした。

どうしてあの香水がここにあるのだろう？

「あ。俺ここちょっと寄るわ」

と言って男は店のドアを開けて入っていったので、恵麻も慌てて中へ入った。


店内には無数の香水が美しくディスプレイされていた。まるで魔法の国に迷い込んだような不思議な世界だった。

「あら、いらっしゃい」

カウンターから聞こえる声の方に顔を向け、恵麻はそのまま釘付けになった。

そこには真っ白い髪をした美しい女性が立っていた。

全身黒ずくめの洋服を着ていて、西洋の魔女を彷彿《ほうふつ》とさせた。

「弥生さん、ありさの香水届いた？」

「ええ、届いてるわよ」と、取り置きしてあった〈MSS《ミス》 DIOR《ディオール》〉を黒い袋へ丁寧に仕舞い込む姿から恵麻は目が離せなくなっていた。今まで恵麻が目にしたことのない強烈な印象があった。

そんな恵麻の視線に気づいたのか、弥生さんと呼ばれた女性は、ふと目を上げて恵麻を見た。目が合って恵麻がどきっとした次の瞬間、彼女は妖艶に笑った。恵麻は一瞬にして心を奪われてしまった。

黒い袋に包まれた香水を〈Parfum《パッファン》 de《ド》 prières《プリエール》〉という店名が刻印された黒い紙袋に入れて「はい」と彼女は男に渡した。

そして「彼女は？」と恵麻を見た。

「ああ、なんか風俗に興味あるみたい」

男がわざと冷めたように口にすると、弥生さんは戒《いまし》めるように「杉斗《すぎと》」と口にした。

「違うよ！　自分からきたんだよ。変な女に捕まっちゃって困ってんだよ俺」

杉斗は、親に怒られて言い訳する子どものように、バツが悪そうに言った。その姿が夜の男に似つかわしくない可愛らしさを滲ませていて、恵麻はなんだか不思議な気分になった。

弥生は初めて恵麻を真っ直ぐに見つめた。

そのあまりに深い瞳に何もかも見透かされてしまいそうで、恵麻の心臓は高鳴った。

「あなた——最近、仕事を解雇された、とか？」

突然、核心をつかれて恵麻はびっくりした。

「なるほどね」と納得したように頷く杉斗。

どうしてわかったんですか、と聞く前に、

「すげえだろ。なんでも見抜いちゃうんだよ、この人。だから魔女さんって呼ばれてる」

「魔女、さん？」

クスクスと笑う弥生と、妙に納得した杉斗の顔を見て、彼は自分を最初からここに連れてくるつもりだったんじゃないかと勘繰った。それでも恵麻はどうしても聞きたいことがあった。

「あそこにある真ん中の香水、母がつけていたんです。どこにも売ってないのでびっくりしました」

弥生さんは急に真面目な顔になって、

「うちにはね、ここでしか買えないヴィンテージがたくさんあるのよ。その香りに思い出があるお客様がたくさんいらっしゃるわけ」

と言いながら、ショーウィンドウの方へ歩いていき、〈Héliotrope《エリオトロープ》〉を手にして戻ってきた。

「あなたみたいな若い子にも興味を持って欲しいから、うちは量り売りもしてるの」

と、弥生はスポイトや器具、小さな瓶がたくさん入っているトレイを取り出して、〈Héliotrope《エリオトロープ》〉の瓶から香水をスポイトで吸い上げては少しずつ小さな瓶へ水滴を落とした。

「どんな仕事をしてたの？」

弥生にそう聞かれて、恵麻は誰にも話せなかった心のうちを話したい気持ちに駆られた。

「……バンケットルームで働いてました。一日中立ちっぱなしで、力仕事ばかりで体力的にはきつかったけど、高卒でも一流の仕事をやらせてもらえる職場だと思ったんです」

弥生は、スポイトから小瓶へ移し替える香水に目を落としながらも、じっと耳を傾けていた。

「もう少しで正社員になれると思ったのに、あっさりと契約を打ち切られて……」

「だから風俗に？」と弥生はその時だけ恵麻をちらりと見た。

「こんな自分にも価値とかあるのかなって……知りたくなったんです」

杉斗はなんだかバツの悪い顔をしていたが、弥生は〈Héliotrope《エリオトロープ》〉を移した小瓶を手にして、恵麻のすぐ近くまでやってきた。

「私、自分の足で立っていける人になりたいんです」

すがるような思いで伝えると、弥生は、深く慈愛に満ちた瞳で恵麻を見つめて、小瓶を差し出した。

「価値なんてね、付けられるより付ける立場になりなさい」

そう言って弥生は微笑んだ。

「ありがとうございます」

恵麻はお金を払おうとしたが、弥生はゆっくり首を振り、

「今日は特別よ。あなたのお母さまのために」と恵麻に小瓶を手渡した。

「さあ香りを確かめてみて」

恵麻は弥生の言葉に後押しされるように、小瓶の蓋を開けて、その小さな瓶から香りを吸い込む。

――その瞬間、香りが広がり、母の記憶が脳裏に浮かび上がった。

ベビーパウダーを思わせる甘やかな香りが充満する懐かしいアパート、美しいものを愛

する母が集めたアクセサリー、それと裏腹な散らかった部屋、憔悴《しょうすい》していった母の記憶の断片――

走馬灯のようにさまざまな記憶が浮かび上がり、気づいたら恵麻の瞳から涙が溢れていた。

それをじっと見つめていた弥生は、

「香りには記憶を呼び覚ます力があるのよ」

そう言った。その瞳と雰囲気は、なぜか母を彷彿とさせた。顔は似ても似つかないのだが、女の人特有の優しさと寂しさの感情の紗幕《しゃまく》が彼女を覆っているような気がして、

「母が目の前にいるようで」と恵麻が思わず口にしたら、弥生はハッとした表情を浮かべた。

やがて弥生は柔らかな声で、

「あなた、うちの仕事を手伝ってみる？」

と恵麻に問いかけた。

「香りはね『目に見えない芸術』と呼ばれているの」

恵麻はバンケットルームの契約が切れるとすぐに魔女の店で働き出した。

そして、香りについて弥生は恵麻にあらゆることを徹底的に教えてくれた。

その日は、倉庫になっている店の二階で在庫チェックをしながら、弥生と恵麻は隅々《すみずみ》まで見て回っていた。

「名香と呼ばれる香りには、ひとつひとつ繊細なストーリーと人々の記憶や感情が眠っているのよ」

「ストーリー？」

香りに物語があるなんて聞いたこともない話だった。

「トップノート、ミドルノート、ラストノート……と三つの層に分かれて香りが変化していくの。香りを作るのは、音楽を作ることにも似ていると言われてるわ」

音楽？　香りと音楽が結びつくなんてまったくイメージが湧かず、恵麻はただただ圧倒されながら弥生の話を聞いていた。

「例えばお母さまの香りはね、ヘリオトロープという植物の香りがする香料が使われているの。愛の薬草とも言われるヘリオトロープは甘いバニラのような香りなのよ」

恵麻は母の香り〈Héliotrope《エリオトロープ》〉を思い出した。透明感があって優しくて甘い、ミルクのような懐かしさと同時に、手の届かない女性のような華も感じさせる、まさに母の象徴のような香りだ。

「確かに甘くてベビーパウダーみたいな」

弥生はそれを聞いて笑った。

「逆ね。ベビーパウダーがヘリオトロープを使うようになったからそう感じるのよ」

「……そうなんですか」

「まずトップでオレンジブロッサムとバイオレットリーフがヘリオトロープとの最高のブレンドで花開く。まるで恋の始まりね」

「素敵……」

「ミドルで香るのはアーモンドと輝くイリス。恋が眩《まばゆ》いばかりの愛へと昇華されるの。そして、ラストに残るのはヘリオトロープとムスクそしてライスパウダー。まるで女と男が溶けあったあとの淡く切なく儚《はかな》い香り」

恵麻は、今までずっと気になっていたことを口にした。

「……ひょっとして……弥生さんも同じ香水じゃないですか？」

弥生は、図星をつかれたのか突然笑い出した。

恵麻がきょとんとすると、弥生は真面目な顔に戻ってまた在庫チェックを始めた。

「〈Joy《ジョイ》〉がもうあとひとつしかないわね」

恵麻は、よくわからないままリストに個数を記入して、

「……あの、これはどんな香水なんでしょうか」と聞いた。

「天然香料の傑作と言われているわ」

「天然……香料……？」

「香料にはね、天然香料と合成香料のふたつがあるの。植物とか自然から採れるのが天然香料。でもそれだけで香水を作ると莫大な費用がかかるのよ」

「天然で作られた香水は贅沢《ぜいたく》品ってことですか」

「……芸術品ってこと。でも価値の高いものとお客様がほしいものがイコールというわけではないのも現実よ」

そう言った弥生はどこか寂しげだった。

「昔の香水はね、すべて芸術品だったのよ」

弥生は意味ありげに恵麻を見てから次の部屋へと歩いた。

「香水のことを学びたかったら書物はいくらでも貸してあげる」

と、弥生は本棚の近くへ歩いた。

その本棚には香りにまつわる本がぎっしりと並べてあった。香水辞典から、調香の本、香りを科学的に分析したもの、ありとあらゆる本の中から弥生は恵麻のために、初歩的な本を見《み》繕《つくろ》って選んでくれた。

しかし、恵麻はそんな弥生の背後に見え隠れする、まるでオルガン台のような不思議な机が気になってしょうがなかった。デスクの上に十段ぐらいの階段状の棚があり、それぞれの段にずらっと茶色の瓶が並べられていた。

「あれは……？」

と恵麻が聞こうとすると、弥生は選んでいた本を恵麻に渡し、ジョーゼットの薄いカーテンを閉めた。

「ここは、立ち入り禁止」

そう言って恵麻の手を取り、弥生はさっさとその場を立ち去ろうとしたが、恵麻はカーテンの向こうに透けて見えているあの無数の瓶と不思議な器具が置かれた机がなんなのか、気になって仕方なかった。

第1章

# 〈オー デ メルヴェイユ〉の香り

店の扉が開いて入ってきたのは、六本木のクラブに勤めているホステスの舞《まい》だった。

白いファーがついたショートマントを羽織って白いグローブをつけたその姿は、まるで妖精のようで、恵麻はその美しさに釘付けになった。

真っ白な装いに、エルメスのルビーのバーキンを手にしている舞は、単なるホステスではない、不思議な気品を漂わせていた。

「いらっしゃい」と弥生が微笑んだ。

「いつものが切れちゃって」と舞が言うと、

「エルメスの〈オー デ メルヴェイユ〉ね」

と弥生はにやりと笑った。

舞は子どもの頃、母親から不良品呼ばわりされて育った。内臓が普通より弱く、お腹にはチューブが入っていて、それがないと舞の内臓は正常に動くことができない。自分は短命だと舞は知っていた。その運命を思うと、なにごともなかなか身が入らなかった。いつも身体の不調ばかり気にして、お腹が痛くてしょうがなくて、普通の人と同じような平穏な暮らしは、永遠に訪れないものなのだと、どこか悔《くや》しく投げやりな気持ちになった。

舞が唯一夢中になれたのは、静岡にある母の実家の祖母から教えてもらった米帯《べいたい》と呼ばれる紙紐で編む手芸だった。舞は子どもの頃、手芸教室でその紙紐細工に巡り合い、夢中になった。籐じゃなくて紙というところが気に入っていた。紙なんてすぐに破けてしまう。燃えたり、水に濡れたりと、脆《もろ》いイメージなのに、こんなに頑丈《がんじょう》なものが作れるということが舞の心の励みだった。どこかで、自分もそうなりたいと思っていたのかもしれない。この紙紐のようにどんな重さにもびくともしない、何年経っても色褪せないものに。見た人はみんなびっくりする。紙紐にそれほどの潜在能力があるなんて思いもよらないのだ。

この紙紐を編む時が舞の唯一の無になれる時間だった。

童心に戻れるとはこういうことだと思った。

舞は店内に静かに佇んでいた。

弥生が〈オー デ メルヴェイユ〉を包装しているあいだに、恵麻は思いきって舞に話しかけた。

「いつもご愛用されてる香水なんですね？」

舞は少女にしか見えない恵麻を見て、表情を和らげた。

「昔はね、お店で指名を取りたくてフェロモン系の香水なんか使った時もあったけど。魔女さんが勧めてくれたの。しなやかで自由な女性になりなさいって」

恵麻は「指名」と「フェロモン」という聞き慣れない言葉に首を傾げながらも、この人は自分なんかが想像もつかない世界で闘っているんだろうなあと、妙に納得した気持ちになった。


魔女さんが勧めてくれた〈オー デ メルヴェイユ〉は不思議の世界へと誘うような香り

だった。昼間に星を見る女性に捧げるための香りだという。ぴったりだと自分でも感じていた。いつもここではないどこかへ行きたかった。彼方の星まで飛んでいったら自分だけがハンデを背負っているような世界ではないんじゃないか、とかありもしない妄想をすることもあった。

　弥生はこの香りを勧めた時に、

「華やかな見た目からは窺《うかが》い知れない渋くて上品な香り。まるであなたのようだ」と舞に言った。

　舞は自分が奥深いとか上品だとか感じたこともなかったが、そう言われてとても嬉しかった。見た目だけが取り柄ではない、救いの言葉に感じられたが、自分の内に何が眠っているのかはやっぱりわからなくて、ただ香りを吹き付けることしか、今のところできなかった。

　舞はじっと次の言葉を待っていた恵麻を見て、

「でも私はこの香りの意味がまだ深くは理解できてないみたい……。ねえ、女の価値ってあなたはなんだと思う？」と問いかけてきた。

自分に何もないことに悩んでいる愚かな人間なんて私だけだ、と感じていた恵麻は、舞も同じように悩んでいることを知って親近感が湧いた。

舞は少しいたずらっぽく、でもどこか本気の悲しさを孕《はら》んで、ため息まじりに言った。

「あのね、なんだかんだ言っても若さと、美しさなんだよ。女の価値ってどんどん下がってくの。私もさ、賞味期限が迫ってる気がしてさ……」

「そんなにお綺麗なのに？」

と驚きとともに舞を見つめた。恵麻から見たら、舞ほど美しい人間だったら何にも困ることも悲しいこともないような気がした。

弥生は「やれやれ」という顔をしていた。

「十代の子たち見てると、夜でも肌が瑞々しいんだよね」

そう言った舞の横顔には、焦燥感さえ滲んでいるようにも見えたが、人の肌なんてまじまじと見たことがない恵麻はぽかんと聞いていた。

弥生はいつもの黒い紙袋に入れた〈オー デ メルヴェイユ〉を舞に渡して、

「またいらっしゃい」と柔らかく微笑んだ。

「ありがとう」

舞も弥生を見てようやく笑顔を浮かべた。

舞が店を出て行った後は、〈オー デ メルヴェイユ〉の残り香がした。

「彼女によく似合ういい香りでしたね」

「〈オー デ メルヴェイユ〉はね、見た目はオレンジのグラデーションでとても華やかなのに、ひと吹きすればスモーキーでウッディな渋みのある香りよ。外からは窺い知れない奥深い香りの力で彼女の聡明さを際立たせてあげられると思ったの。……ところであなた、香水つけたことあるの？」

「いえ……こわくてつけられなくて……」

と答える恵麻に、かつての憂鬱な思い出が浮かんできた。

弥生は訝《いぶか》しげに、「なあにそれ？」と聞くと、

「むかし、母のをこっそりつけたら学校でみんなに臭いって笑われて、それから香水をつけるのがこわくなっちゃいました……」

と打ち明けると、弥生は思わずといった風に吹き出した。

香水というのはかなりリスクの高い代物だと恵麻は思う。つけている本人はどんな具合に香っているのか、さっぱりわからないのだ。

裸の王様みたいなものかもしれない。

自分では香りで人を惹きつけたり翻弄《ほんろう》していると得意げになっていても、実際のところ、笑い者にされるほどきつく香っていることだってじゅうぶんあるのだ。


数日後、舞が再び店を訪れた。

その日は香水を買いにきたわけではなく、弥生に話したくてきたようだった。

「運命の人に出会った」

と舞は興奮を滲ませて口にした。

そして、その運命の人との馴《な》れ初めを話し始めた。


〈オー デ メルヴェイユ〉を購入した日、新品の香りをつけて舞は店に出た。

その日は大事な指名客が三人来ることになっていた。ひとりは上客の鷹川《たかがわ》という五十代の会社経営者だ。ロマンスグレーで上質なスーツを着こなす見た目も良い男である。

もうひとりは海江田《かいえだ》という闇金の男だった。ものすごく羽振りがよくて、店に来たら必ず大金を落としていく。

三人目は四十代の赤石《あかいし》といった。赤石は普通のサラリーマンだった。一流企業に勤めているらしかったが会社名は明かさなかった。舞は赤石をなんとなく気に入っていたので、とっておきのブルーのロングタイトドレスを身に纏った。首元には宝石のようなガラスの装飾がキラキラと光る、舞をいちばん輝かせるドレスだった。

しかし、その日、赤石は舞よりも若くて少しぽっちゃりしたルミに指名替えをした。

舞は胸がざわついて、子どもの頃のように腹に痛みがきた。

そんな時に、突然、あの男が店を訪れたのだった。

「舞さんご指名入りましたぁ」

舞は驚いて顔をあげた。まだ、鷹川も海江田も来店予定時刻はだいぶ先のはずだ。

不審に思いながらも、鏡ばりの店内を歩き、指名客の前へ向かった。

その男を見て驚いた。以前に一流企業に勤める役員が可愛がっている部下だと言って連れてきた男だ。その後も上司の付き合いで何度か店を訪れていた。

「お久しぶりです」

とその男は爽やかに微笑んだ。いわゆる誰が見てもイケメンだった。おまけにエリートサラリーマン。なぜ、そんな男が自分を指名するのかと、舞は不思議に思いながらソファに座り、「ご指名ありがとうございます」と営業スマイルを浮かべながらウィスキーの水割りを作り始めた。

「ひとりで来たから驚いたでしょ？」

「うん、正直。いつもお付き合いでいらしてましたよね」

「あなたのことばかり考えてました」

男は突拍子もない言葉を口にした。

舞は動揺した。嬉しくないわけではなかった。

思い込みの強い客は今までもいたものの、女に不自由しそうもない客が店を訪れて舞に夢中になるなんてことはまずなかった。舞は動揺を隠すようにクスクスと笑い、営業スマイルを浮かべて、

「やだ、嬉しいですぅ。じゃあこれからお店通ってくれます？」

と茶化してみたが、男は真剣そのもので、舞の手に静かに自分の手を重ねてきた。

「君はこんな店にいるべきじゃない」

男は本気で心配しているように舞を見つめた。

この男のなかで舞との時間が勝手に進んでいるような、微かな違和感はあった。

男は舞の手を取り、さらにもう片方の手で包み込むようにした。

舞はその強引さにびっくりしながらも心を奪われていた。

「……昼間に現れた星みたいだったんです」

舞は興奮して話し終えた。

「まあ、それは〈オー デ メルヴェイユ〉のことね」

弥生はにやりと笑った。

〈オー デ メルヴェイユ〉――不思議の国の水。それは、真昼に星が降り注ぐ世界の扉を開く香り――。


　魔女の店のドアが開いて、また新しい客が訪れた。恵麻は、その男性の佇まいに目が釘付けになった。微かな香りがした。それは秋になると、どこからともなく漂ってくる金木《きんもく》犀《せい》の香りだった。本物のように甘くて懐かしい香りだった。

「あら横山《よこやま》さん、いらっしゃい。いつものでいいのかしら?」と弥生が聞くと、男ははにかんだように微笑んだ。

「ええ。サトリの〈ソネット〉を」

〈ソネット〉とは小さな歌という意味の十四行でできた詩のことであると、どこかで聞いたことがあった。そんな香りをつける男に、恵麻は文学性とロマンを感じた。

弥生が〈ソネット〉を二階へ取りに行った時に、恵麻は少し緊張しながら話しかけた。

「……金木犀……ですか？」

男はハッとしたように恵麻を見た。

「よくわかりましたね。新人さんですか？」

恵麻は、新人さんという言葉に重みを感じた。まるで将来の魔女候補のようにも感じられ、そんなことを名乗ってしまって嘘にならないか心配になった。

「いえ……私はただのお手伝いなんです」

男は不思議そうに恵麻を見つめた。

恵麻は金木犀の香りをもう一度確かめるように深く吸い込んでみた。

思わず「いい香り……」とため息が漏れた。

男は恵麻の様子を見て、ふっと笑みを浮かべた。

横山蓮《れん》は若くしてインテリアメーカーを起業した敏腕経営者として、その業界では知られた存在だった。横山の父もまた経営者だった。車の中古販売をしていて、資金繰りでいつも苦労している両親の姿を幼い頃から見ていた。

会社が倒産する瞬間の父の姿を高校生の時に見た横山は、自分はあんなふうになりたくないと強く思った。人を信じたり、人に誠意を尽くすとバカを見るんだと父の姿を見て感じた。

その時以来、横山は自分の利益を第一に考える生き方を選択した。慈悲をかけていたらその人間と一緒に転落してしまう。利己的な人間だと批判されることもあった。しかし会社が軌道に乗るまではその姿勢を貫いた。

そして、ようやく年商二億の会社となり、社員も三十名へと増えた。三十八歳にしてようやく仕事が好転し始めた。

横山のデザインした家具はハイセンスだが安価で、若い女の子や同棲カップルから人気に火がついた。〝Coeur《クール》 Blanc《ブラン》〟という社名通り純度の高い真っ白にこだわったデザインばかりだ。和紙を用いたり、照明器具も部屋を一瞬にして美しく照らし出す気の利いたものを売り出して、ネットで販売すると、すぐにソールドアウトになった。

ある時から香りにも注目し始めた。香りは人間の気分まで変える。

横山は〈ソネット〉をつけるたびにそう感じていた。

〈ソネット〉を受け取って、横山は店を出て行った。

恵麻はその後ろ姿をうっとりと見送った。まるで映画に登場するような佇まいだった。

いい男、と言ってしまえば簡単だが、背負っている背景や男自身の持つ人間性がその色気に磨きをかけているような、不思議さが感じられた。

そんな恵麻を弥生はニヤニヤと見ていた。

その視線に気づくと、

「彼、素敵でしょ？」と恵麻を覗き込んだ。

恵麻は照れたように、

「あの年齢でしたら結婚されてますよね」

「そうね、そういえば、横山さんのプライベートの話は今まで聞かなかったわ」

恵麻は驚いた。

「そうなんですか？　でも、弥生さんならなんでも見抜いちゃうから、わかるんじゃないですか」

　弥生は腕を組んで少し考えてみた。

「彼には近づかない方がいいかもね」

「え？」

「彼が背負っているものは、大きすぎるのかもしれない」

　恵麻はそう言われて「どうして、そう感じたんですか？」と問いかけた。

「ここから先は秘密。ただの勘だと思ってちょうだい」と弥生はいたずらっぽく笑った。

そして、

「あなたにもそのうちわかるわ」

　と目を細めた。


　閉店後、恵麻はいつもの猫道を歩いた。

　この道も秋になると金木犀の香りが漂ってくる。恵麻は目を閉じてその香りを思い出そうとした。母とも時折猫道を歩いたものだった。

　——あれは、父が姿を消した翌日だった。

　夕暮れ時、ピンクから青へ変わるグラデーションに染まった美しい秋空の下で、母と手を繋いで無言で歩いた。一緒に行方不明になったというフィリピンパブのホステスを訪ねていった帰り道だったように思う。母は何も言葉を発しなかった。最悪な状態だけれど、あまりの空の美しさに圧倒されて、吸い込まれそうな気持ちだった。そして金木犀の香りが悲しみを和らげた。これから母となんだってやっていける、そんな気持ちにさえなった。

　自分の過去を思い返してみると、あまり楽しいとか幸せだとか感じた瞬間がないような気がした。いつも憂鬱で早く普通の人生が送れるようになりたいと願っていたが、いっぽうでどんなに辛い時も、どこか遠い世界に楽しいことがあることを想像して、夢の世界だけで楽しくなれた。

　逆に言えば、幸せを毛嫌いしていたのかもしれない。他人からの温かくて優しい気持ちに触れるのが怖かった。

　そういうものは簡単に失ってしまうものだと、ずっと思っていたからだ。

　しかし、恵麻は魔女の店で働くようになって、初めて赤の他人を心から大切に思えるようになった気がする。

　弥生の言葉だけは素直に受け止めることができた。母のような頼りない女性とは正反対の人間だったが、恵麻にとってはある意味、母以上の存在になっていった。弥生は余計な優しさを恵麻に与えたりはしなかった。緊張感と厳しさを損なわない態度を一貫して通した。けれど、弥生の言葉や行動は、いつも恵麻のことを深く大切に想ったがためのものだと感じていた。

それとともに恵麻は香りの仕事に徐々にひきこまれていった。

このままこの店を手伝い続ける人生もいいかもしれない……と思うようになっていた。

ところが、そんななか、登録していた派遣会社から久しぶりに連絡があった。

「営業のお仕事なんですが、もしご興味あるようでしたら、今までとほぼ変わらない好条件でのご紹介が可能です」

詳しく話を聞いてみると、誰もが知っている有名企業の営業アシスタントの仕事で、給料もバンケットルームで働いていた時よりも月二万ほど多い。今の魔女の店のアルバイトと比べるとずいぶん上がる。

さらには、三年間勤めれば正社員登用試験が受けられるのだという。

今の生活から脱却することができる、夢のある話だった。

恵麻は早速、魔女の店に行った時にその話をした。弥生は一瞬寂しそうな表情をしたが、その後すぐにこう言った。

「良い話じゃないの。その会社で働くことはあなたの人生においてきっとプラスになるわ」

「でも私、せっかくここで香りのお仕事を覚えて役に立てるようになってきたのに。できることならずっとここで魔女さんと一緒に働きたいとも思っていて……」

弥生は悲しみのグラデーションを帯びた瞳で恵麻を見つめた。

「香りの仕事に興味を持ったの？」

「香りというよりも、このお店かもしれません。弥生さんがいるから」

「そんなふうに思ってくれたなら嬉しいけど、こんなことは言いにくいけど、ここにいてもあなたの未来がないわ」

と弥生は呟いた。

「未来？」

「そう。お給料も安いし、社員にもなれない。将来の保障が何もないのよ。自分ひとりで生きていけるようになりたいなら、なおさら」

弥生はそうシビアな現実を伝えながらも悲しみを隠しきれていなかった。きっと弥生も、本当は恵麻とずっと一緒にいたいのだ。

「あなたにはまだ可能性がある。理想の仕事もできるし、お金もたくさん稼げるようになるかもしれない。とても素敵な男性に巡り合って結婚して、子どもが生まれるかもしれない。でもここにいたらそういうチャンスも極めて少ないのよ」

　弥生は恵麻の目を真っ直ぐに見つめた。

「いろんなことに挑戦して、自分自身を知りなさい。あなたには何が向いているか、あなたは何がやりたいのか。それがわかってからここに戻ってきたって遅くはないわ」

　そして優しく恵麻に微笑んだ。

　その笑顔は今まで見た誰の笑顔よりも優しさが滲んでいた。そんな人に出逢えたことに恵麻は泣きそうになった。


　魔女の香水屋の前には、相変わらずモフモフの白猫が赤いビロードの玉座の上に鎮座していた。この白猫は弥生の気持ちに左右されるのだろうか。

　その日は弥生と同じくどこか憂いを秘めているようにも見えた。

「本当にお世話になりました」

　深々とお辞儀をした。

　弥生は、静かに頷いた。

「今のあなたにぴったりの香水があるわ」

　と言って、とっておきの香水を取り置きしているカウンターの奥の棚を開けた。そこには煌《きら》びやかに光るたくさんの香水瓶が見え隠れしていた。

弥生は、その中から宝石のように光る瓶を手にして戻ってきた。

「〈Parfum《パッファン》 de《ド》 prieres《プリエール》〉。この香水にはね、ひとつひとつにメッセージが込められているのよ」

弥生はさらに続けた。

「これはね、〈ナンバー3　Vigueur《ヴィゲウール》 eternelle《エテルネル》〉」

まるで魔法の呪文をとなえるかのようだ。

弥生はその宝石瓶から、小さな瓶へスポイトで移し替えた。

「どんな人にも無限の力があるの。そして、天から授かった天職というものがあるの。それを見つけなさい。見つけられれば、必ずあなたはこの世に何かを残す」

「天から授かった……」

恵麻は、その言葉の大きさに圧倒された。

「きっかけは何だっていいの。自分の中にある欲望をうまく飼いならしなさい」

弥生はそう口にした瞬間、まるで恵麻をそそのかすかのように、とびきり妖しく微笑んだ。

「欲望を飼いならす？」

魔女の不思議なメッセージが啓示のように恵麻に届いた。弥生はさらに、

「そして人のためになることをするの。お金は後からついてくるものよ」

恵麻はそのすごみのある言葉と佇まいにすっかり魅了された。

「あなたの天職を見つけなさい」

と弥生は恵麻に移し替えたばかりの香水を渡した。恵麻は天職という言葉に思いを巡らせた。

自分が飛び抜けた能力を発揮する仕事がきっとどこかにあるはずだ。それはどんな仕事だろうか。これから恵麻が始める仕事は営業だが、向いているだろうか。

「香りがあなたの無限の可能性を引き出してくれる」

弥生は恵麻を見つめた。恵麻はその瞳に宿る力を信じられると思った。そして、魔女の香水瓶を握り締めて、強く頷いた。

店を出る時、弥生はわざわざ見送りに出てくれた。恵麻はまだまだ話をしたかったが、グッと堪えて弥生に手を振った。

弥生も寂しそうに手を振って、恵麻の後ろ姿をいつまでも見送ってくれた。

恵麻に立ち入り禁止と告げた部屋の奥に置かれたオルガン台で、弥生は調香していた。

この部屋には、調香や香水にまつわる書物が置かれ、まるで本当に魔女の秘密の部屋にも見えかねない不思議な植物を瓶詰めにした大きな瓶が棚に並んでいた。

それは魔法の素とでも言うべき、香料の原料になる希少なものばかりだった。

人生の後半戦にさしかかった頃、これからは自分の人生から生み出した唯一無二の香水を作り、それを売っていきたいと考えるようになった。そして自分のイメージ通りの香水を作るために、あらゆる調香師を訪ねて歩いた。

ある日、南フランスのグラースでひとりの男に出会った。名前は榊《さかき》といった。彼ははにかみ屋なところがあり、表にはあまり出てこなかったが、グラースでもその才能を認める声も多い気鋭の日本人調香師だった。何度も話しあいをし、榊の力を借りて、弥生は九つの香水からなるシリーズ〈Parfum《パッファン》 de《ド》 prieres《プリエール》〉を開発することになった。

言葉数は少ないが、榊の繊細な表現が弥生の胸を打った。弥生と榊は驚くほど共感する部分が多かった。ふたりは香水作りにのめり込んだ。

ひとつひとつの香水にメッセージを込めていった。

それは、人生に悩む人たちの背中を押すようなメッセージである。

弥生が人生に行き詰まった時、または大きく飛躍した時に感じた本物の言葉だった。

しかし、このプリエールは最後の〈ナンバー9〉が完成しないまま、開発は立ち消えとなってしまった。

弥生が恵麻に渡した〈ナンバー3〉は、そのうちのひとつだった。弥生はこれまでも、誰かが人生の岐路に立って本気で悩んでいる時に、この香水をそっと差し出した。そして魔法をかける。

「あなたはきっとうまくいく」

心の中でそう願った。

この香水はもはや売り物ではなく、魔女のとっておきの魔法だった。

本当に、この香りで魔法がかかったのかどうかは、最後までその人の人生を見届けたわけではないからもちろん弥生にもわからない。

ただ、この〈プリエール〉で誰かのために魔法をかけたかった。

そのためにも、弥生は未だに完成していない〈ナンバー9〉を調香し続けた。

## 第2章

# 天職

魔女の店を辞めてから恵麻は、ある企業で正社員を目指したが、三年目に突入する前に、人事異動とともに契約は打ち切られた。それからはさまざまな仕事をした。派遣の仕事なので長い間続いたものはなく、いつも新しい場所で「初めまして」からの仕事ばかりだった。恵麻と同じように派遣の仕事を転々としている真由《まゆ》という女性にも出会った。真由は自分の人生を「ガチャみたい」と言った。最初に失敗したのだと。就職活動で良い会社に受からなかった。だから良い仕事に巡り合うためにあらゆる仕事を転々として、ガチャみたいに何が出てくるかを試し続けているのだという。

いつかプレミアのガチャが出てくると彼女は信じていた。実際、真由は恵麻とは違って、有名大学を卒業していて礼儀正しくて仕事もできる。こんなしっかりした女の子まで職に困る世の中って不思議だなあと、恵麻はつくづく思った。

ちょうど三年ほど経ったある日、恵麻のもとにまた派遣会社から連絡があった。

「香料会社の営業アシスタントのお仕事をご紹介できますが、ご興味ありますか？」

「もちろんです」と恵麻は即答した。

香料会社からの募集というところに、何か運命的なものを感じた。香りの業界は狭くて滅多に仕事につけるチャンスはないと聞いたことがあった。しかも今回の企業は香料会社としては日本でもトップクラス、さらに派遣期間三年間を経ると正社員登用制度を設けていて、簡単な試験の後、正社員になれるというのだ。


楠《くすのき》香料は老舗香料メーカーで創業から百二十周年を迎える。場所は日本橋にあった。オフィスは昭和を彷彿とさせるレトロな趣《おもむき》だが、従業員数は千人を超える。恵麻が配属されたのは営業第二課、フレグランス用香料を中心に扱う営業チームだった。

営業部の副部長・尾花《おばな》長人《たけと》が恵麻を連れて、オフィス内を案内した。

「うちはダイバーシティに積極的に取り組んでるからね。この営業第二課には女性営業プロジェクトチームもあるんだよ。女性の感性を活かせる部署だから」

恵麻は目を輝かせた。間違いなく今までにないチャンスが巡ってきている。何しろ香りは恵麻の得意分野だ。弥生からさまざまなことを学んだのだ。自分しか知らない世界があると恵麻は自負していた。そして、弥生が恵麻を認めた通り、恵麻は人よりも少しだけ嗅覚が鋭い。これはこの職場で活躍する流れではないだろうか。

「派遣からの正社員登用制度もあるんですよね」と尾花に聞いた。尾花は清潔感のある爽やかで気さくな男だった。

「もちろん。優秀な人材を逃がしたりはしないよ」

そう笑顔で言ってくれて、恵麻は安心した。なんだか本当に自分を受け入れてくれる会社に巡り合えたかもしれないと思った。

尾花に連れられて恵麻は営業第二課までやってきた。

デスクには香料瓶がたくさん置かれていて、試香するためのムエットもあった。目新しいけれども魔女の店にも通ずるものがあるこの空間に、恵麻の心は躍った。

「みんな。今日からアシスタントで入ってもらう派遣さん」

尾花に紹介されて、恵麻は目一杯の明るさで挨拶した。

「若林恵麻です。よろしくお願いします。精一杯がんばります」

しかし恵麻の温度とは裏腹に、社員たちの反応はどこか乾いていた。チラリと恵麻を見ただけで、曖昧《あいまい》な笑顔で会釈し、すぐに自分の作業に戻るような感じで、恵麻は拍子抜けした気持ちになった。今までは小さい職場が多かったせいかもしれないが、もう少し人間関係が密接で職場の仲間という目で見てもらっていたように思う。

この会社は人と人の距離が遠くて乾いている——。

ただ、その中でも恵麻を好意的に見てくれる女性社員もいた。「めっちゃ助かります」とニコッと笑ってくれたのは近くにいた同世代の女性だった。

しかしこの言葉からして、おそらく恵麻は主戦力ではなく、あくまでサポート役として駆り出された人員であることが見てとれた。もちろんアシスタントとして雇われたから仕方ないのだが。

尾花は、部署の管理職らしき女性に大きく手招きした。

「きりっぺ」

呼ばれた女性は四十代だろうか、貫禄がある美しい人だった。こんな女性に手招きをするなんて、と恵麻はどこか違和感を感じた。

恵麻はそれまで男尊女卑というものを目の当たりにしたことはなかった。けれど、何かその片鱗《へんりん》を目撃したような微かな違和感があった。

気のせいだったらいいのだが……と、恵麻は小さく願った。

手招きされた女性は立ち上がり、恵麻のもとへ歩いてきた。しなやかで美しい歩き方。

かっこいい女性だなと恵麻は見惚れた。

でも彼女の表情はどこか疲れているようにも見えた。こんな大企業のオフィスでおそらく責任のある立場で活躍しているにもかかわらず、心が乾ききって、目に光がない。そんな印象だった。

彼女は恵麻の前で立ち止まると、値踏みするように恵麻を上から下まで眺めた。服装や雰囲気からいろんなことを考えているのだろうかと思うと、少し怖くなる。

「高渕《たかぶち》です。よろしくお願いします」

尾花はそんなことをお構いなしに無神経な雰囲気で、

「彼女、一児のママだから。で、彼女たちのママ役でもある」と軽い調子で言った。

先ほどの若い女子社員は、自慢げに、

「霧子《きりこ》さんは私たちの憧れなんです。旦那さんはうちの会社のエース」と恵麻に話した。

「女性がたくさんいてやりやすいでしょ」

尾花は相変わらず軽薄な調子で言うと、

「きりっぺ、彼女の入館証、名刺、パソコン一式お願いね」と小間使いに話すように命令した。しかし慣れているのだろう、高渕さんは淡々と「わかりました」と呟いた。

高渕さんからは諦めと乾きしか感じられない。ここが本当に女性活躍を推進している場所なんだろうかと恵麻は不安に思った。

「すんませーん。今日からお世話になります河原《かわはら》です」

そこへ背後からやってくる男がいた。

緩い雰囲気で、殺伐《さつばつ》とした高渕さんとは大違いだった。

「彼は新規事業部と兼任になった河原さん」

高渕さんはまた淡々とみんなに向かって紹介すると、さっさと席へ戻ってしまった。

「よろしくお願いします。ハーレム状態でドキドキしてますが、皆さんのアイディアを形にできるお手伝いができればと思います。僕、女性の味方なんで」

河原の発言は、女性社員たちの軽い笑いを誘った。この人は、女性が自分の味方になってくれることをよくわかっている人なんだろうと恵麻は思った。きっと可愛がられるタイプに違いない。恵麻は人にチヤホヤされたり可愛がられたことがないので、そういうお得な人生を送っている人の気持ちがよくわからなかった。ただ、そういう立場の人はどこか余裕がある感じがして羨ましかった。

「よっ、東大卒。期待してるよ」

尾花が河原の背中を叩いた。どうやら河原は恵麻とはまったく違う人生を歩んできた人間なのだ。今どき学歴も格差も関係ないだろうと、世間がいくら並べたとしても、この社会には見えない壁がたくさんある。

恵麻は決して河原のようにへらへら笑える立場にはいられないのが現実だ。

家に帰ると、恵麻はアロマを焚いた。弥生に出会ってから香りには本当に力があると信じるようになった。アロマの代わりに、紅茶を選んで香りを楽しむこともあった。

香りを吸い込むと、一日の疲れと溜まったストレスが洗い流されていく。

恵麻はまだ恋する人とともにすごしたことすらなかった。好きな人とすごしたらどれだけ幸せな気持ちになれるのだろうかと、その美しく甘やかな光景を想像してみるのだが、それは幻想のようにぼやけていた。今はただ、この香りから湧き上がるさまざまなドラマティックなストーリーが恵麻の気持ちを癒し、ときめかせ、遥か遠い世界へと連れて行ってくれるのを楽しんでいた。

弥生は、二階で新しい香料を調べていた。

〈ナンバー9〉を完成させるために、世界中のありとあらゆる香料を調べて試してきた。

〈ナンバー9〉に込めたメッセージは『愛する人のために』だった。愛する人の幸せを願うことが、自分の人生の幸せであり、商売の成功のもとにもなると弥生は信じていた。『愛』を表現する香料とは何か、それは無数に存在するけれど、しかし、どれも弥生にはしっくりこなかった。

それは『愛』の本当の意味を弥生自身も、この歳になってもつかみきれていないからかもしれなかった。

子どもを持たなかった弥生は、あしなが育英会へ寄付をしていた。誰かを大切に思い、誰かのためになること、その努力を弥生は惜しまなかったが、たったひとり、想ってもその想いが届いた先に空洞があるような、得体の知れない悲しみを弥生自身は抱えていた。

物思いに耽《ふけ》っていると、階下で店の扉が開く音がした。

弥生が階段を下りていくと、舞が久しぶりに訪れていた。落ち着いた、清楚な花柄のロングワンピースを着ていた。

弥生を目にした瞬間、舞は薔薇のように微笑んだ。かつての舞も妖精のようだったが、今の舞はさらに美しかった。白い陶器のような肌で頬がピンク色に染まっていて、絵画のような美しさだった。

「結婚したんです」

と舞は嬉しそうに弥生に近況を報告した。

今は松濤《しょうとう》にある白亜の邸宅で暮らしているのだという。


六本木のクラブで王子様のような男性と出会い、舞は恋に落ちた。大手広告代理店に勤めている夫の原翔《はらしょう》は実家も資産家で、まさに夢のようなセレブ生活が舞を待っていた。

それでも、舞は弥生に勧められた〈オー デ メルヴェイユ〉をつけ続けた。自分の中に眠っている何かを呼び起こしてくれるのがこの香水だと舞はどこかで信じていた。

相変わらずエルメスのルビーのバーキンを持っていた舞は、もう片方の手に提げていた紙袋から、小さな籠を取り出して、

「これ、魔女さんに作ったんです。良かったらお店に置いてください」

と少しはにかんだ笑顔を浮かべた。

「これをあなたが？」

弥生は受け取りながら、その籠の網目の美しさに目を瞠《みは》った。

「米帯っていうお米が入っている袋を縛る紙紐で編んだんですけど、すごく頑丈にできてるんです」

「紙でできてるの？　信じられないわね」

「これ、近所の奥さんたちからも人気で、みんなに作り方を教えて欲しいって頼まれちゃって」

　と舞は嬉しそうにした。

　だがその表情はすぐに、陰りのあるものに変わった。

「だから、この籠バッグでお教室みたいなサイドワークができないかなと思って夫に相談したんですが、反対されてしまって……」

　簡単なお稽古事のようなイメージだと言った。紙紐の材料を取り揃えて、講習会を開き、奥様たちのお好みの籠バッグを作るお手伝いをする。

　材料はだいたい三十メートルで四百五十円ぐらい。一人参加費を一回二千円にすれば、道具代を差し引いても千円程度の利益が出る。十人集めたら、一万円。二時間程度の講習会にして時給五千円なら悪くないだろう。

　そう思って夫の翔に相談したら、急に不愉快そうな顔になったと舞は言った。

「それはやめたほうがいいんじゃない」

と言う夫に「どうして？」と聞くと、翔は真剣な顔でこう言った。

「だってほら僕たち不妊治療するって決めたじゃない」

翔は昔ながらの価値観を重んじている男だった。子どもをとにかく作らないと、親にも世間にも格好がつかないと感じているようで、翔が自分に感じていた価値はそれが第一なのかと思うと複雑な気持ちになった。

「今はさ、余計なこと考えないで治療に集中してほしいんだ」

言い聞かせるような強い視線でそう言った翔を、舞は少し怖くなった。

「そんな遊びでお金とるなんて恥ずかしいだろ？」

まるで諭《さと》すようにそう言われ、ひどく馬鹿にされたように感じた。かつては舞の籠バッグをベタ褒《ぼ》めしていたのに、手のひらを返されたようだ。結局、この人はこのバッグをただの遊びだと思っていたのだ。


「なんでかわからないけど、侮辱されたような気分になったんです」

複雑な表情を浮かべる舞に、弥生は、

「大丈夫。あなたは間違っていないわ」

と、黒い紙袋に入れた〈オー デ メルヴェイユ〉を渡した。

「あなたの本当の魅力はこの香りのように奥深いのよ」

弥生が微笑むと、舞はまた安心して薔薇のような笑顔を向けた。


その日は、初めての営業に向かった。

恵麻がアシスタントでつくことになった中原というエース的な営業社員のお得意先への営業だ。中原は清潔感溢れる身嗜《みだしな》みで、細部まで気を使っているのが見て取れた。

髪の先までワックスでニュアンスを出し、靴は先が尖った黒光りする革靴。

爽やかで流暢《りゅうちょう》な喋りで、恵麻の少し苦手とするタイプだった。中原は恵麻を見た瞬間、蔑みを孕んだ視線をむけた。

恵麻はボサボサの髪の毛を黒いヘアゴムでひとつにまとめて、スーツは安価が売りの某スーツチェーン店で購入したものしか持っていなかった。中原のように頭から爪先まで外見に気を遣っている男からすれば、これは「女ではない」または「営業マン失格」と思われたに違いない。

営業に行く先はクールブランという会社だった。その会社へ向かう道すがら、中原は意外にも恵麻に優しく、色々なことを教えてくれた。

「クールブランは若者に人気のインテリア雑貨メーカーでね。おしゃれで安価なものを自社でもたくさん開発してるんだ」

「勉強になります」と恵麻が殊勝に後をついていくと、中原は決して叱るとか注意するわけでもなく、

「営業に行くときは相手先を調べていくのは基本だよ」と恵麻に優しく教えた。

恵麻は「はい！」と元気よく返事をして中原に足早について行った。


クールブランは洗練されたオフィスビルにツーフロア入っている。

いかにも近代的で自由な風情で、働き方改革が進んでいそうなそのオフィスに恵麻は目を奪われた。会議室に通されて待っていると、中原は新商品の営業資料をテキパキと準備して会議テーブルに並べた。

中原が少し緊張しているのが恵麻にも伝わり、ドキドキしてきた。

少し経って、エレベーターから人が降りてきた。会議室がガラス張りなので、心の準備もできる。

部屋のドアが開いて、三十代後半ぐらいの上質なスーツに身を包んだ男性が現れた。

その男性の面影に恵麻はどきっとした。

どこかで見たことがある。すぐにはわからなかったが、後から鼻をかすめた金木犀の香りで思い出した。

そうだ、魔女のお店に来たあの常連客だ。〈ソネット〉を購入していったお客さんではないか。

男性は神妙な顔つきをしていた。

中原はいつもと違う担当者が突然現れて驚いていた。

「あ……今日は渡辺さんはいらっしゃらないのですか？」と中原が立ち上がって尋ねると、

「ええ。申し訳ありません。渡辺の代わりに私が対応させていただきます」

と神妙な顔つきのまま答えた。

中原は何か嫌な予感がしたのか、どこか狼狽したような様子で、

「あの……本日は、新しい香料のご提案に参りました」

と名刺を取り出そうとすると、男も名刺を取り出し、

「申し遅れました。私、弊社の代表の横山と申します」

と差し出した。

「しゃ、社長さん⁉」と中原は驚いた。

恵麻も横でびっくりしていた。金木犀が香るあの人がまさか社長だなんて。いかにも仕事ができそうな雰囲気であったが、恵麻の目にも男はまだ若く見えた。世間一般の社長のイメージとはだいぶ違っていたのだ。

恵麻も支給されたばかりの名刺を取り出して横山へ挨拶した。

「アシスタントの若林です」

「よろしくお願いします」

差し出された名刺を見ると、そこには間違いなく『代表取締役社長　横山蓮』と書かれていた。

「どうぞお座りください」と横山は、座るように促した。そして着席したところで改めて話を切り出した。

「大変申し訳ないのですが、いつも御社へお願いしていたメンズの香料、他社のものに切り替えることにいたしました」

中原は愕然として、

「なぜでしょうか？　ご満足いただけなかったですか？」

と慌てて聞いたが、「残念なことに商品が売れなくて……」と横山は答えた。

「ちょ、ちょっとお待ちください。もう少し詳しくお話を聞かせてください」と中原は食い下がったが、横山の気持ちは揺るぎないもののようだった。

「こういう男性向けフレグランスって難しいですね。大変失礼なことをして申し訳ないのですが、他社さんのほうがマーケティングの分析も優れていて」

中原が提案した香料ではマーケティングが足りなかったのだろうか。やはりビジネスの世界は売れる売れないがシビアに問われるのだなあと恵麻は妙に納得した。

「そんな……」と崩れ落ちるようにショックを受けている中原を見て、恵麻はなんとかこの場を切り抜けられないものかと頭をフル回転させ始めた。

横山はしばらく黙り込んだ後「申し訳ないですが」とひとこと言って立ち上がろうとした。

恵麻は咄嗟に「あの」と声をかけていた。

立ち上がった横山は、突然声をかけられて驚いた表情を浮かべた。

「もう一度、弊社からご提案するチャンスをいただけないでしょうか」

中原は何を言い出すんだという険しい顔で恵麻を見たが、恵麻はお構いなしに話し始めていた。

「日本の男性は香りを漂わせることを恥ずかしいと感じてしまう方が多いそうなんです」

「え？」と横山は興味を示したように見えた。

「だから、男性をイメージする香りではなく、憧れの女性を想像できるような香りにしたらどうでしょうか」

横山は恵麻の方へ向きあった。

「なおかつ、憧れの女性に男性が寄り添うようなイメージはいかがでしょう？　例えば、トップノートで華やかで美しい女性との出逢い……そして恋に落ちる香りを。ミドルでは女性の優しさを知って深く惹かれていく切なく繊細な香り。ラストではふたりで暮らす幸せの日々がベビーパウダーの甘い香りで浮かび上がるんです」

恵麻はイメージが湧き上がるままに、一気に語りきった。魔女の店で聞いた〈Héliotrope《エリオトロープ》〉の話もどこか混ざっていたが、恵麻の理想の美しい女性を香りにしたらどんなだろうと一気に話すことができた。

「おいっ……なに適当なこと！」

中原はこのような香りに眠るストーリーには馴染みもなかったようで、ど素人が適当なことを言いやがって、と苛立っていた。

ところが、それを聞いた横山は突然笑い出した。ひとしきり笑った後、

「君、面白いね。そんな提案初めてだよ。本当にそんな香りできるの？」

と興味津々で恵麻に聞いてきた。中原は苦虫《にがむし》を嚙み潰したような顔をしていた。そんな香りはできないだろうとはなから思っている表情だった。

「……で、できます。香りというのは物語とイメージで作り上げるものだとある方が」

恵麻はまだ会社のしがらみや人間関係、体質がどんなものかもわからなかったので、極めて純粋な気持ちで弥生の言葉を信じて訴えた。きっとお客様が喜ぶものなら会社だってある程度は協力してくれるだろうと、どこか甘い考えでいた。

そんな恵麻に横山は何か気づいたようだった。

「君……どこかで会ったことない？」

恵麻は思い出してくれるような気がして固唾《かたず》を呑んで待った。

「そうか――魔女さんの」

「……覚えていてくださってたんですか」

恵麻は本当に嬉しかった。こんな、どの会社でもすぐに忘れられてゆくような存在の自分を、この人は覚えていてくれたのだ。

恵麻はもう一度、深く金木犀の香りを吸い込んだ。

「やっぱり金木犀……ずっとつけてらっしゃるんですね」

横山は微笑んだ。「君こそよく覚えてるね」

その瞬間、横山は魔女の店に訪れる文学的な佇まいの不思議な男性に戻った気がした。

「思わぬ出逢いもあるもんだね。そうか、魔女さんのお弟子さんならきっと作れるだろうね、その香り」

「はい！　お任せください」

急速に横山との距離が近くなっていくのを感じた。残された中原は呆気に取られながらも、なんとか取り残されまいと、

「では再提案させていただきます」と上司らしくもっともらしい言葉で締めくくった。

横山は恵麻を優しい瞳で見つめていた。そのあまりに澄んだ瞳に恵麻は胸を高鳴らせた。


その帰り道、恵麻は横山との再会に心を躍らせ、そして香りの提案の面白さに、これこそ自分の天職かもしれないと思い始めていた。

「なんとかチャンスをもらえて良かったですね」と、明るい調子で話しかけた恵麻の言葉に中原が突然立ち止まった。

「てゆうかお前さなんなのあれ」

中原は怒りに震えていた。「口からでまかせばっか言ってんじゃねーよ！」

と突然怒鳴りつけられて、恵麻は殴りつけられたようなショックを受けた。

「あんな香り作れるわけ⁉　自分ができるとか、自分はすごい人脈持ってるとか、思ってたら大間違いだぞ」

恵麻は恐怖で縮み上がりながら、

「そんな……私はただ……」と答えるのがやっとだった。

「ひとつの香りを作るのに、どれだけの社員が関わると思う？　自分がどれだけ軽々しいこと言ったかわかってる？」

と中原は大きな軽蔑と怒りを込めて大声を出した。

恵麻はもう何も言えなくなった。中原の言う通りかもしれなかった。恵麻はこの会社のやり方も何も知らないのに、ずいぶん軽々しいことを言ってしまったのかもしれない。

「職域があるってわかってるよね？」

最後にそう吐き捨てて中原は歩き出した。

そうだ、中原の言う通りなんだ。恵麻はただのアシスタントの分際で、香りを作ったりする立場ではないのに、なんてことを言ってしまったんだろう。急にとてつもなく恥ずかしいことを言ったような気分になった。

でも、違和感もあった。そもそも恵麻は中原が窮地《きゅうち》に立たされたので、なんとか助けようと思ったのだ。再提案のチャンスをもらえるように持っていければ、あとは中原が自分でどうにかするのだろうという気さえしていた。とにかくピンチを助けた気になっていた。

あんなふうに一方的に怒るなんて筋違いじゃないか、と思いながらも、やはり会社員として目に余る行動だったのかと落ち込み、恵麻はもう穴があったら入りたいぐらいに悲しくて恥ずかしい気持ちになった。

怒りがおさまらず足早に歩いていく中原の背を、恵麻は沈んだ気持ちで追いかけた。納得がいかず、でも消化できないまま何度も涙がこみあげそうになるのをグッと堪えた。

無言のまま、日本橋のオフィスに戻るまでの時間が異様に長く感じた。

楠香料の営業第二課に戻ると、尾花が爽やかな笑顔でふたりを迎えた。

「どうだった？　新作うまくいったか？」

中原は憮然として、

「いえ、もうそれどこじゃなくなっちゃって」とデスクへ向かった。

恵麻も自分のデスクへと戻った。

「なんだ、何かあったか？」と尾花は中原に近づいた。

「いきなり社長が登場して、他社に切り替えたいって」

「なに？」

落ち込んでいる恵麻に、中原と尾花の会話が漏れ聞こえてくる。

「もうヒヤヒヤでしたよ。なんとか僕の方で新しいアイディアを出して切り抜けられましたけど」

恵麻は心底驚いて中原を見た。自分が助け舟を出すまでは、狼狽《ろうばい》しきりだった男がどの面下げて言っているというのだ。

「さすがだねえ」

「先方もこのアイディアに乗ってるんで」

恵麻は先ほどのショックは何だったのかと思うほど、輪をかけてショックを受けた。狡猾《こうかつ》な大人を目の当たりにしたのは初めてだ。まったく知らない世界だった。人間の心の奥底がまたわからなくなって恵麻は足がすくんだ。

何も知らない尾花は「すぐにサンプルの再提案だな」と声を弾ませたので、恵麻は気が遠くなった。

ふと、スーツのポケットにいつもお守りがわりに忍ばせていた魔女の香水を手にする。

〈ナンバー3　無限の力〉、と弥生は言っていた。

「天職を見つけなさい」と。

恵麻は、そのミニボトルに入った薄く透き通った、クリームがかった不思議な液体を見つめた。

――魔女さん、私を助けてください。

香水のボトルを握り締めて、心の中で祈っていた。

夕暮れ時。あれから恵麻は何か相談したくなるたびに魔女の店を訪れていたが、この日は数か月ぶりだった。

どんなに時が経っても店の前には赤いビロードの玉座があって、相変わらず白いモフモフの猫がいた。

「どうぞ、チョコレートの甘さと香りで落ち着くわよ」

「ありがとうございます」

落ち込んでやってきた恵麻に、相変わらず弥生はホットチョコレートを振る舞ってくれた。

これは初めてのことではなかった。弥生はチョコレートが大好きで、落ち着きたい時はホットチョコレートを自分で飲み、元気をなくしている客を見たら迷わず勧めた。フランスの歴史ある高級ショコラメゾンから取り寄せていて、魔女の店の二階にたくさん保管されていた。

今日は遅い時間だからだろうか、ホットチョコレートにブリオッシュをつけてくれた。

ブリオッシュはバターと卵をたっぷりと配合したフランス発祥のパン。

泡立てた生クリームを間に挟むとマリトッツォになるが、恵麻はこのブリオッシュをホットチョコレートにたっぷりと浸して食べるのが最も美味しいと感じていた。ここに来なければ食べられない、落ち込んだ気持ちを救ってくれる最強の逸品である。

ホットチョコレートを一口飲んでほっと息を漏らした。もはやここが自分の家のようにも感じた。そして、今日起きたまだ自分でも消化しきれない悔しい出来事を弥生に話していた。

「でも、私は伝えたかったんです。弥生さんから学んだ香りの世界を。香りって素晴らしい物語を秘めてるから」

恵麻にとっては本当にそうだった。弥生から教えられたこの素晴らしい香りの世界を伝えることで、中原に助け舟が出せたらと純粋に思ったのだが、その思いはひと欠片《かけら》も伝わらず憎しみの対象となってしまった。

確かに中原の言っていることには一理ある。でもそれで片付けてしまっては、恵麻の中原への思いやりや、横山が恵麻の提案を面白がって感動してくれたことすべてを帳消しにされたとしか思えない。恵麻は理不尽だと感じた。

にもかかわらず、まるで自分の力で乗り切ったかのように尾花に説明していた。

何か釈然としないのだ。

弥生はそんな恵麻の話の断片を聞いて、何もかもを理解した様子だった。社会に転がっているよくある話なのかもしれない。自分はお人好しなのだろうか。この社会で生き抜くには、中原に助け舟など出さずにじっとただ横にいればよかったのだ——そう思っているに違いない。

「あなたのそういうところがいいのよ」

弥生は突然そう口にした。

「え？」

「恵麻みたいにうまく社会で生きられない子が、何かすごいことをするようになる可能性を秘めている気がするの」

慰めだろうか？　恵麻の心は少し軽くなった。

「ただ、あなたひとりで生きていたら、すぐに叩き潰されて、野垂《のた》れ死んでしまう」

「そんな」と恵麻が惨めな声を出すと、弥生はクスクスと笑いながら、

「若いうちはなんでもやってみるといいわ」

と投げかけた。

恵麻は沈んだ顔で言った。

「……私、ずっと社会のピラミッドの一番下なんです」

確かに恵麻の思い描く理想は、社会の底辺では決して叶えられない。きっと何度も社会の壁にぶつかるのだろう。

想像もできないような痛みが、この先待ち受けているのかもしれない。

弥生は恵麻にこう告げた。

「社会を憎んでもしょうがないのよ。他人は変わらない。過去も変えられない。変われるのは自分と未来だけ」

「自分……？」

確かに、今までの恵麻は周囲に期待してばかりだったように思う。そして、自分の思いが叶わなければ、他人や社会のせいにして、それを嘆いてそのたびに無気力になった。しかし、弥生はこう言うのだ。変わるのは、社会でも他人でもなく、自分だと。

さらに弥生は続けた。

「想像したことを必ず現実化できる人になりなさい。口で言うだけじゃなくて実現できるようにならなきゃ」

「私にそんなこと……」

と恵麻は不安に思った。

自分は果たして口にしたことを現実化できる人間なんだろうか。

「圧倒的に、誰もがひっくり返るぐらい努力すること。度肝《どぎも》を抜いてみせるの。そう、これはね、ひとつのエンタテインメントショーと同じよ。仕事は舞台。あなたは女優よ。自分でストーリーを考えなさい。奇想天外なストーリーをね。自分の人生をデザインするの」

恵麻は圧倒された。魔女のステージを見せられたような気分になった。弥生は本当にこの店を舞台にしてエンタテインメントを繰り広げている。きっと弥生も、人を驚かせるほどの努力を重ねてきたのだろう。だからこそ説得力があるに違いない。

弥生は、カウンターの奥へ向かい、扉を開けて香水を取り出した。

「Parfum《パッファン》 de《ド》 prieres《プリエール》。〈ナンバー5　Legende《レジェンド》〉」

その香水は〈ナンバー3〉の時よりもさらに輝きを放つ宝石のようだった。

「伝説を作るのよ、その手で」

「伝説……？」

まだ呆然としたままの恵麻に、弥生は香りを嗅ぐように促した。

「さあ、その香りを嗅いでみて」

恵麻は魔法にかけられたかのように、〈ナンバー5〉の蓋を開けて、香りを嗅いだ。

未知の香りだった。膨大な過去の時間のうねりが恵麻に押し寄せて、しかしその波を打ち砕くような強く瑞々《みずみず》しい香りが後から現れる。身体の奥底から何かとんでもないことを成し遂げようとするエネルギーが湧き上がってきた。

私にもできるかもしれない……

そんな思いが急激にこみあげて恵麻はまぶたを開けていた。

その日から恵麻は人が変わったようになった。

仕事が終わって家に帰ってからも研究を続けた。

横山に話したあの香りをどうやったら自分で作れるのか考え続けた。さまざまな製品や香料を嗅いで、どんな香料を組み合わせたらどんな香りが生まれるのかひたすら分析した。

香料の組み合わせは無限にある。数千、数万といくらでも生み出されていく。

香料会社の商品も、新しい商品を作るときに過去の香料を頼まれることはほとんどなく、必ず新しい香料を開発するという。

しかし、かつての香水は名香と呼ばれて、今でも魔女の店にその香りを求めてお客さんがくるほど、記憶に残る香りが存在していた。

それは魔女曰く芸術品なのだ。どんな香りが人の物語や記憶を呼び覚まして、気持ちに新しい変化をもたらすのか、恵麻はひたすら研究した。

トップ、ミドル、ラストのピラミッドを描いて、そこにどんなイメージをもたらしたいか、そのイメージをもたらすために必要な香料を描き加えて、自分なりのデザインを作った。

仕事のあい間を見計らって、恵麻はそのデザインを河原に見せた。

「こんな香りを作りたいと思ってるんですけど……」

河原は恵麻のノートを見て目を瞠った。

「こういうのを考える人はこの会社では調香師以外聞いたことがないよ。なんか変わってるね」

河原は面白そうに言った。

「でも、できるかな……？」

実際のところ、調香師でなければその香りが実現可能なものなのかは厳密にはわからない。

河原はサービス精神からなのか、楽しそうに、隣の席にいる女性社員たちにも声をかけた。

「ねえ、見てよ。これどう思う？」

女性社員たちは恵麻のノートを覗き込んだ。

だが、みなドライだった。

「これは無理よ」

「若林さんがそんな難しい仕事しなくてもいいと思う」

彼女たちもずっと、可能性を潰されてきたのかもしれない。自分がされてきたことを下の人間に繰り返す。社会はなぜかそういうふうに回っている。恵麻はそんな社会を変えたいと思った。

いや、社会を変えるのではない。自分が変わるのだ。恵麻は人にされて嫌だったことや、悲しかったことは他人に絶対しないと心に決めた。

それが自分と未来が変わるという魔女がかけた魔法なのだ。

恵麻はまた自分のデスクに戻って黙々と、調香のプランを練り直していた。

と、背後に気配を感じた。突然耳元で、

「この人に相談しなさい」

とデスクにふわりとメモ用紙が置かれた。

驚いて恵麻が振り返ると、高渕さんだった。高渕さんは表情を変えずにすっと恵麻から離れて、颯爽と自分のデスクへ戻っていった。

メモを開いてみると、そこには『研究室・調香師　原《はら》田《だ》真《ま》澄《すみ》』と書かれている。

思わず恵麻は顔をあげた。

遠くのデスクに座る高渕さんと目が合うと、高渕さんはポーカーフェイスのまま、小さくサムズアップした。

恵麻は思わず笑顔が溢れた。この会社に来て初めて人の優しさに触れたような気がした。見ている人は見てくれているのだ。

こういう人との心の絆が生まれるのが人生の醍《だい》醐《ご》味《み》だと恵麻は感じた。どんな宝石の輝きも、この喜びには勝らないと恵麻は思う。だから、恵麻も人を幸せにできるような人になりたいと強く願った。

恵麻は、高渕さんが教えてくれた研究室へと向かった。

研究室は、事務スペースとは違って、衛生を保たれた真っ白い空間だった。調香師と呼ばれるアーティストがいて、その人が書いた処方箋をもとに、コンマ数ミリのスケールで香料を混ぜ合わせていくブレンダーがたくさん在籍している。海外では調香師とブレンダーは生まれ持った能力が違うとされ、専門職として別々の道を歩んで育てられるが、日本ではブレンダーとして修業した先に、その頂点に立つ調香師になってゆくという話を聞いたことがある。日本の芸術・文化界の徒弟制度にも似ているものを感じた。

たくさんのブレンダーが並ぶデスクとは別に、独立したデスクがあって、そこに調香師の原田真澄はいた。

人目を引くような美しい目鼻立ちをした女性だが、あえて女性らしさを排除して中性的な風貌を心がけているかのようでもあった。水色のワイシャツの上に白衣を羽織り、少しラフに造作をつけたセミロングの髪が彼女独特のスタイリッシュさを醸し出していた。

恵麻は真澄に近づいていき、

「あの、高渕さんから教えていただきまして」

と話しかけた。真澄は大きな目を嬉しそうに輝かせて、

「ああ、連絡もらった。何かすごいこと考えてるらしいじゃない」と初めて会ったとは思えないほどフレンドリーに恵麻に応えた。

その様子を見て、高渕さんがポジティブな伝え方をしてくれたのだとわかり、恵麻はさ

らに嬉しくなった。

「いえ、そんな大したことでは」と恵麻はノートを取り出して、散々妄想を重ねてきたピラミッドを見せた。

「こんな形で男性と女性が寄り添うような香りを作りたいんです」

真澄はそれを見た瞬間、感嘆の声をあげた。

ピラミッドの中に書かれた香料の組み合わせを見つめて、

「面白いじゃない⁉　めちゃくちゃだけど斬新……。大胆で独創的よ」

真澄はノートから顔を上げ、目を輝かせて恵麻を見た。

「私には思いつかない発想だわ。あなたすごいね、どこで勉強してきたわけ？」

恵麻は感激しながら答えた。

「いえ……専門的な勉強は何も」

「この発想……ひとりで考えたとは思えないんだけど。そうね……うまく言えないけど、夢がある。おっかなびっくり手探りで作るような新米調香師とはまるで違うわね。心の中から湧き上がるものを香りで伝えようとする情熱……、それからなにごとにも物怖じしない大胆不敵さを感じるわ」

しかし、恵麻は照れて俯《うつむ》くだけだった。

「私がすごいんじゃないんです。私に魔法をかけてくれた人がいるんです」

真澄はすっかり恵麻のことを気に入ったようで、恵麻のアイディアやイメージをもとに、いくつも香料をブレンドしてみせた。

自分の取り柄はとにかく一生懸命なところだけだと、恵麻は思っていた。

昔から近所の人や学校の先生に褒められるときの言葉は決まってこうだった。

「恵麻ちゃんはガッツがある」

褒められても全然嬉しくない言葉だったが、その取り柄が功を奏したのかもしれない。

毎晩家に帰っては、必ず研究・分析を重ねて、翌日になるとひとつ新しい発見を真澄に伝える恵麻に、真澄も「なるほど、それならば」とその情熱に触発されて、すっかり一緒になって、クールブランに提案したという無理難題の香りを開発するようになった。

ただ、いっぽうで中原がクールブラン再提案に向けて、研究室と連携し新しい香り〈ビューティーヴィーナス〉を開発していることも忘れてはいけない。中原の香り開発は、恵麻にとってみればアイディアを乗っ取られたような偽物だが、社内的にはそちらが本流の仕事、恵麻の香り開発は見つかったら、ただごとではない「遊び」もいいところだった。

しかし、恵麻の勢いは止められなかった。香り作りに夢中になったら暴走特急状態、香りのサンプルを作っては、社内の人に試香してもらい意見を聞いた。最初は首を傾げたりして恵麻に偏見や反発を持っていた社員たちも、徐々に恵麻の情熱にほだされていった。「これはいいかも」「この香りは男性受けしないんじゃない？」「めっちゃ良い香りですね」など、時間はかかったが、やがて社員たちは本音で恵麻に感想を伝えるようになった。


「できたの」

真澄が大切そうに、茶色い透明の香料瓶を取り出した。ついに完成したのだ。

「まさか、こんなにのめり込むことになるとはね」

「本当にありがとうございました」

と恵麻が涙目で感激していると、

「あなたには人を巻き込んでいく不思議な力があるようね」

と真澄はカラッと笑った。

恵麻は真澄の手から茶色い香料瓶を受け取って蓋を開け、そっと香りを嗅いだ。

その瞬間、恵麻は目を見開いて輝かせた。

「すごい‼　これですね！」

恵麻と真澄は顔を見合わせ、興奮で思わずはしゃいだ。

「私たち天才じゃない⁉」

そんなはしゃぐふたりの様子に、ちょうど部屋に入ってきた中原が足を止めた。

驚きと不快感を露わにして、中原は恵麻を見つめていた。

恵麻が研究室から戻ってくると、中原が声を潜めて尾花に話していた。聞こえるか聞こえないかの微妙な声の大きさだったが、その話の中に「勝手に他の香料を開発している」「派遣っていう自分の立場を理解していない」「やりたいことに突っ走る」などというワードが交じって恵麻の耳に飛び込んできたので、これはまさしく自分のことを告げ口しているのではという不穏な気持ちになった。

恵麻はクールブランへの再提案へ向けて、夜遅くまで資料を作っていた。

そこへ、高渕がどこかとの会食を終えたらしく戻ってきた。ほろ酔いの高渕はいつもと様子が違った。

「あなたってなんでそんなに頑張るの？」

恵麻はきょとんとして顔をあげた。

「努力したら報われるって思う？」

高渕は続けた。恵麻は考え込んでしまった。

社会の壁を前にして、報われないこともある。けれど、弥生が教えてくれたのだ。圧倒的に誰もが驚くぐらい努力すること——恵麻はその言葉を思い出して、

「はい。人が驚くほど努力すれば、自分自身は変われると思います」

高渕には恵麻の言葉が少し響いたようだった。

「あなたって純粋でポジティブでいいわね」

恵麻は首を傾げた。

「私もそんなふうに思った時期もあったな。がむしゃらに営業してトップになったのよ」

「すごいですね」と恵麻は目を輝かせた。

「でもね、それでもこの会社では認められないの。女性が結婚、出産までしてしまったら戦力外通告を受けるだけ」

「そんなことないと思いますよ？　高渕さん大活躍されてるじゃないですか」

高渕は自嘲気味に、

「活躍なんて、全然。いろんなことを諦める必要が出てくるわ。すべての望みを叶えるのは難しい。歳をとってからわかったことよ」

と高渕は遠い目をした。

「大きな力に抗《あらが》うのって勇気と気力が必要じゃない？」

恵麻は、その状態はまさに今の自分のような気がして頷いた。

高渕は恵麻に微笑んだ。ポーカーフェイスの高渕が初めて笑った。その目がとても優しくて、この人はさまざまな苦労を乗り越えてきたんだろうなと感じた。

闘う女性の素の姿を見た気がした。

三日後、クールブランへの再提案の日が訪れた。中原と恵麻は緊張した面持ちで〈ビューティーヴィーナス〉を試香する横山の表情をじっと見つめていた。

横山はじっくりと香りを味わい、考え込んだ。

「これが、先日提案していただいた香りですか？」

中原は緊張しながら、

「はい。お気に召していただけましたでしょうか？」と身を乗り出したが、横山は渋い顔

をしたままだった。恵麻は横山の顔をじっと見つめた。中原はなんとかその場を盛り上げようと話を続けて、

「トップでは憧れの女性のイメージで、オレンジを使用してまして……」とテンションを無理やり上げようとして話したが、横山は遮るように、

「僕はあまりピンとこなかったです」

と言い放った。

中原はそのパンチ力にショックを受けたようで黙り込んでしまった。

しばらく沈黙が続いたが、その沈黙を破るように恵麻が「あの」と口を開いた。

横山は不思議そうに恵麻を見た。

「実は、もうひとつあるんです。サンプル」

中原が「はぁ!?」と素《す》っ頓狂《とんきょう》な声をあげた。

恵麻が香料を取り出そうとしたら「ちょっ、お前」と中原が止めに入ろうとした。そこへ、

「へえ、楠香料さんはさすがですね」

と横山が口にしたので中原は止めづらくなってしまい、その隙に恵麻は、紙袋に忍ばせていたもうひとつのサンプルと資料を急いで取り出して、横山に差し出した。

横山は静かに恵麻のサンプルの蓋を開けてムエットを浸し、目を閉じて香りを嗅いだ。

恵麻は緊張が高まり、手をぎゅっと握り締めた。

固唾を呑んで見守るとはこんな感じかと実感した。短い時間だったと思うが、ひどく長い沈黙に感じた。

横山はゆっくりと目を開けて、

「素晴らしい香りだ」

と恵麻を見つめた。

心底感動しているのが横山の潤んだ瞳や微かに震えている唇でわかった。

恵麻は天にも舞い上がるような気持ちになった。

他人に認められたのは生まれて初めてのような気分だった。

「早速社内で検討させていただきます」

横山は今までより一層嬉しそうな笑顔を浮かべた。

恵麻も薔薇のように笑顔を咲かせて、横山を見た。

しかし、その隣で中原は面目を失って、苦虫を嚙み潰したような顔になっていた。

「再提案ありがとうございます」

中原はなんとか取り繕い、

「こちらこそ、貴重な機会を与えてくださり、本当にありがとうございます」

とやっとのことで口にした。

横山はそれには気づかないようで、さらに高揚して、

「あなたの考えてくれたフローラルとホワイトムスクにサンダルウッドを忍ばせたこの香り。そしてラストに残るベビーパウダー……男性を癒して活性化させる、まるで聖母のような香りでした」

「あ、ありがとうございます」

横山が恵麻をあまりに優しい眼差しで見つめたので、恵麻はどきっとして目をそらした。

「弊社は、これからもっとマーケットを拡大したいと考えています。御社のお力をもっとお借りしていきたいですね」

「マーケット？」

「香りの分野にはとても可能性を感じていましてね。あなたのアイディアを楽しみにしてます」

横山ははっきりと恵麻の目を見つめて言った。

上司を飛び越えて、こんなことを取引先の社長から言われるなんて、恵麻の人生始まっ

て以来の出来事だ。

「はい！」と恵麻は勢いよく返事をした。中原はますます苦々しい顔つきで佇んでいた。


楠香料に帰るや否や、中原は尾花に一連のことを事実をねじ曲げて報告した。

「新しい香料提案はうまくいきました。横山社長は再提案を気に入り、他社への切り替えは取りやめになりました」

事実をさも自分の手柄のように話し、

「新しい提案を気に入ってくれて。さらに医療施設やエンタテインメント施設でも使える空間用フレグランスの商品まで一緒に開発したいと」

と誇らしげに話した。

「でかしたな！」

尾花は大きい仕事が来そうだと意気込んだ。

「女性営業チームも絡《から》めてプロジェクトチームを作ろう」

中原はそれを聞いてここぞとばかりに、

「でしたら、アシスタントは変えてもらえますか？」と切り出した。

「え？」とさすがの尾花も驚いたが、中原は一気に畳みかけた。

「あ、いや。そろそろ契約更新のタイミングですよね。彼女、常識なくてやりにくいんで」

尾花は納得したように「ああ、そうか」と呟いた。


---

「え!?　更新はなし……ですか」

恵麻は愕然としていた。楠香料の人事担当者にちょっと立ち話もなんだからと、オフィスの一角で軽い調子で告げられたのが契約打ち切りの話だった。

実績をあげた私をこんな簡単に切ることができるなんて……と自画自賛も入っているかもしれないが、少なめに見積もっても、恵麻はにわかに信じ難かった。

「ええ、そういう契約内容ですからね」

と人事担当者はしれっと答えた。

恵麻は動揺しすぎて開いた口がふさがらなかった。

「えっ、でも、私、自分で言うのもなんですけど、クールブランへの香料の再提案は私が考えたのを採用していただけたんですよ」

恵麻は必死でアピールしたが、その様子は人事担当者からすると、かなり滑稽で往生際の悪い面倒くさい奴に見えただろう。呆れた顔で恵麻を見ていた。

「優秀な人材は逃さないんじゃ……」

とさらに往生際悪く、最初の頃に聞いたおまじないみたいな言葉を伝えると、

「は？」と人事担当者は顔をしかめた。

「あ、い、いえ。そうですよね、それが決まりですもんね」

恵麻は我に返り、つい習性で優等生的に引き下がってしまった。

「残念ですが申し訳ありません」

ゲームオーバー……。

恵麻の頭の中でその言葉がよぎった。

もう終わりだった。

恵麻は頭が真っ白になった。

陽が落ちて、ピンクからブルーに空が変わっていく、とても美しく見える渋谷の空の下を恵麻はぼんやりと歩いていた。こういう時に限って世界は驚くほど美しい顔を見せる。街の灯が温かく、時に妖しく恵麻の瞳に飛び込んできた。空のグラデーションが変化していき、真っ暗になった頃、恵麻は無意識のうちにクールブランの入っているビルの前に来ていた。

電車が走る音が遠くから鳴り響いてきた。

横山社長があの光の中にいる、自分の企画提案を待ってくれている、そう思うと急激に悔しさがこみあげてきた。どうして会社は人を見てくれないんだろうと本当に悲しくなった。いや、見ていたのかもしれないけれど、中原を出し抜くような行動が結果的に仇《あだ》になってしまったとも考えられる。では、あの時、中原に助け舟を出さなければ良かったのだろうか。そうしたら従順なアシスタントに徹した半年をすごしていたかもしれない。でもそうしたら横山に思い出してもらえることもなかったかもしれないし、香りの奥深い世界を伝えることもできなかったかもしれない。

もっともクールブランにはもう二度と足を運べなかったのかもしれない。

考えれば考えるほど、堂々巡りだった。

いつの間にか悔し涙がこみあげていた。

いったいどうしたら、まっとうに仕事が評価され、長い間会社に居続けられて、そして生活の不安から逃れられるのだろうか。

「あれ？　楠香料の」

と突然話しかけられた。横山だった。

恵麻はびっくりして悔し涙を誤魔化すのに必死だった。

「横山社長……？」

「どうしたの」と横山は恵麻に近づいた。

「もう提案にきてくれたの？」

このままだと涙に気づかれてしまうと思った恵麻は、深々と頭を下げた。

「あの、今までありがとうございました」

横山は不思議そうに恵麻を見た。

「私……派遣社員なんです。それで、もうすぐ契約が切れるので、新商品もご提案できませんし、もう横山社長にお目にかかることもできません」

横山は目を見開いた。

「それをお伝えしたくて」

恵麻はそう言うのがもう精一杯で駆け出した。

横山はすれ違う恵麻の腕を思わずつかんでいた。

振り向いた恵麻の瞳から涙が溢れ出した。そのまま恵麻は横山の手をすり抜けて駆け出した。

電車の音がまた遠くから鳴り響いた。

恵麻は一目散に走った。泣きながら走って、走って、走り続けて、魔女の店までたどり着いた。

そこしか行く場所がなかった。

恵麻を唯一安心させてくれるところ。

優しく包み込んで、悲しみや悔しさをすべて洗い流してくれるのは、弥生と香りだけだった。

恵麻は魔女の店に駆け込んだ後、無気力状態で、店の端に置かれた椅子に座り込んでしまった。うなだれて俯いている恵麻を、弥生はじっと見つめていた。

「どうしたの」

恵麻は、ぽつりぽつりと弥生に語り始めた。

「……私、イメージした香料を調香師さんと作り上げたんです。それでお客さんも喜んでくれて。こんな私でも奇跡が起こせるんだって思ったのに」

「……なのに？」

「やっぱりだめでした。まもなく契約を打ち切られます」

「そう、面白くなってきたじゃない」

弥生は突然、高らかに笑い出した。

恵麻は呆気に取られて弥生を見つめた。

「もうゲームオーバーなんですけど」

弥生はさらに愉快そうに笑い続けた。

恵麻はなんて人なんだ、とぽかんと弥生を見つめた。

「人の不幸は確かに面白いかもしれませんが……」

弥生は心底面白そうに大笑いした後、ぴたりと笑い終えると、

「今のあなたにぴったりの香水があるのよ」

と、カウンターの奥へ向かい、ひときわ大きく豪華に光り輝く、まるで西洋の王族のためにこしらえられたような瓶を手にしてやってきた。

「Parfum《パッファン》 de《ド》 prieres《プリエール》〈ナンバー8　Chance《チャンス》〉。逆境を利用して大きく飛躍しなさい。ピンチはチャンスよ」

「逆境を利用して……？」

恵麻は顔をしかめた。そんなことといったいどうやってやるというのだろうか。

「あなた、起業しなさい」

恵麻は、仰天して立ち上がった。

「ええ!?　起業って！　社長になるってことですか？」

「そう。社長になればルールを作るのはあなたよ」

「まさか。そんなの無理ですよ」

「人生はね、自分の手で切り開くのよ」

弥生は、このうえなく妖しく美しく微笑んだ。

恵麻はまた魔女に魔法をかけられたように心をつかまれた。

「無理だなんて、あなたがそう決めつけてるだけ。さあ」

弥生は〈ナンバー8〉の香水の蓋を開けて恵麻に香りを嗅ぐように促した。

恵麻は、震える手で香水瓶を手にしてゆっくりとそれを顔に近づけた。そして目を閉じて思いきり香りを吸い込んだ。

香りは恵麻の奥深くまで染み込んだ。

目を開けた恵麻は、覚醒していた。

郵便はがき

料金受取人払郵便

新宿局承認

779

差出有効期限
2024年9月
30日まで

切手をはら
ずにお出し
下さい

1 6 0 - 8 7 9 1

3 4 3

（受取人）
東京都新宿区
新宿一―二五―一三

株式会社
原書房
読者係
行

1 6 0 8 7 9 1 3 4 3　　　7

## 図書注文書（当社刊行物のご注文にご利用下さい）

| 書　　名 | 本体価格 | 申込数 |
|---|---|---|
| | | 部 |
| | | 部 |
| | | 部 |

お名前　　　　注文日　　年　　月　　日

ご連絡先電話番号　□自　宅　（　　　）
（必ずご記入ください）　□勤務先　（　　　）

ご指定書店（地区　　　）（お買つけの書店名をご記入下さい）　帳

書店名　　書店（　　　店）　合

7289

# 魔女の香水

宮武由衣 著

愛読者カード

＊より良い出版の参考のために、以下のアンケートにご協力をお願いします。＊但し、今後あなたの個人情報(住所・氏名・電話・メールなど)を使って、原書房のご案内などを送って欲しくないという方は、右の□に×印を付けてください。 □

フリガナ
お名前　男・女（　歳）

ご住所　〒　-

市　町
郡　村
TEL　（　）
e-mail　@

ご職業　1会社員　2自営業　3公務員　4教育関係
5学生　6主婦　7その他（　）

お買い求めのポイント
1テーマに興味があった　2内容がおもしろそうだった
3タイトル　4表紙デザイン　5著者　6帯の文句
7広告を見て(新聞名・雑誌名　)
8書評を読んで(新聞名・雑誌名　)
9その他（　）

お好きな本のジャンル
1ミステリー・エンターテインメント
2その他の小説・エッセイ　3ノンフィクション
4人文・歴史　その他（5天声人語　6軍事　7　）

ご購読新聞雑誌

本書への感想、また読んでみたい作家、テーマなどございましたらお聞かせください。

# 第３章 快進撃

昨日までの恵麻と、今日の自分はまるで別人だった。魔法がかかったような気分だった。

恵麻は初めて、ちゃんとメイクしてみようと思った。

今まではメイクなんてしても大差はないと思い込んでいた。飾らない素で勝負したいなどという妙なこだわりがあったのかもしれない。

しかし、今の恵麻は、なんでも努力で変えて見せるという情熱をみなぎらせていた。

どうやったら美しく見えるのか、ゼロから研究した。やり始めたら、メイクの力の偉大さを知ってどんどん面白くなった。新しいスーツも買った。

すべてを完璧に武装して、楠香料に別れを告げに行きたかった。

恵麻は、アイラインを引いて、マスカラをたっぷりつけて、ルージュを引いた。

そして、ジャケットを羽織った。

どんどん別人に変身していくような気分だった。魔法というのは現実にあるのだ。

自分が変わることの方が、何よりも簡単だとようやく気づいた。心が宙を舞うように軽くなった。人というのは、自分へのこだわりからなかなか抜けられない。そのことで感情に振り回され、過ちを犯す。

でも、今の恵麻は何でにもなれると思った。

本当だ、弥生が言う通り、可能性は無限なのだ。

ピシッとブラッシングされたストレートヘアに大振りのイヤリングが、恵麻を「できる女」に見せた。鏡の中の自分を見て、恵麻は思わず笑みをこぼした。

装いが変われば、歩き方も変わる。姿勢は自然と伸び上がった。

今の自分は、これから契約を打ち切られてすごすごと会社を去っていく人間ではない。

恵麻は、はたから見ても見違えるように美しい力強さに満ち溢れていた。


「今までありがとうございました」

楠香料の営業第二課の前で、恵麻は真っ直ぐに社員たちを見つめてから深く頭を下げた。

あまりに堂々とした恵麻に、全員目が点になっていた。中原は生き生きとした恵麻の様子に苛立ちを覚えているようだ。

この場所に立つのはあの胸に希望を秘めていた初日以来だ。最初は本気で「正社員登用制度」を信じていた。

でも、今はあの時とまるで違う。

誰かに認めてもらい、すくい上げてもらうことばかり考えていたあの時と今の恵麻はまったくの別人だ。今の恵麻は、弥生がかつて言っていた通り、価値は自分で決める、そんな大きな気持ちになっていた。

恵麻はこのフロアの人々の顔を見つめた。

河原が恵麻を衝撃を受けたような瞳で見ていた。

この人は少し違うのかもしれないと恵麻は思った。

そして、いちばん奥に、恵麻を真っ直ぐに見つめていた高渕霧子の姿があった。

高渕は相変わらず乾いたポーカーフェイスだったが、その瞳の奥に情熱の火が揺らめいているのが恵麻にはわかった。

恵麻と目があった瞬間、高渕は表情を変えないまま、小さく親指を立てた。言葉を交わさなくとも高渕には恵麻がこの先どんなふうに歩んでいくのかわかったのだろう。

恵麻は負け犬のようにこの会社を去っていくのではない。きっと華々しい門出になる。祝福のサムズアップを高渕は送ったのだ。

この人はやっぱり自分の味方だったのだ、と考えたら恵麻は嬉しくなった。

女同士の間には不思議なテレパシーがある気がする。

恵麻は大きく背中を押されたようで、大手をふって営業第二課を後にした。

オフィスから出ると、エレベーターホールまで追いかけてくるひとりの男がいた。

「ちょっと待ってよ」

恵麻が振り返ると、河原がいた。

「君のことをクールブランの社長がとても褒めてたよ」

「……そうですか」

恵麻は胸が締め付けられるようだった。

横山はなんだか遠い国の住人になってしまったような気分だった。彼は恵麻に期待していたけれども、今はもう中原を中心に新しいチームが組まれてプレゼンにでも行っているのだろう。

でも、自分のことを褒めていてくれたなんて、そんな人がこの世に存在していることが嬉しくて恵麻は笑顔になった。と同時にもう会えないという思いもこみあげた。

「君みたいに優秀でアイディアのある子が切られるなんてこの会社、どうかしてるって思うよ」

その声には不条理に対する怒りが少し滲んでいた。河原は本気でそう思っているようだった。

恵麻は名刺を取り出した。

河原はその名刺を見て、

「会社を興《おこ》したの⁉」と驚いた。

その名刺には、『Fragrance《フレグランス》 d’Ema《エマ》　代表取締役　若林恵麻』と書かれていた。

恵麻は河原ににっこりと微笑んだ。


恵麻は、弥生から起業にまつわるあらゆるレクチャーを受けた。

姿勢を正すことから始めるように言われ、服装やヘアメイクにも気を遣うようアドバイスされた。

起業するために必要な書類から出資金集めまで何もかも教えてくれた。そのおかげで、恵麻はたったひとりで出資金集めをするようになった。

　恵麻が訪れた先では、どんな社長からも最初はきょとんとした顔をされて、「社長は遅れていらっしゃるのですか？」と尋ねる人までいた。そして、恵麻自身が社長であることを伝えると「こんなに若い女の子が社長⁉」と驚かれた。物珍しさや親心から懇切丁寧に経営のあり方について教えてくれる人もいた。

　しかし、最後には決まって出資を断られた。

　世間は優しいようで、やはりシビアだ。必死でプレゼンするものの、ボロは出るし、そうでなくても当然見透かされているのだ。

　弥生のおかげで洗練された身のこなしやスマートなビジネスマナーは身についたものの、なんと言っても大事なのは商売の中身である。

　ところが恵麻はお金儲けにはほとんど知識がなかった。儲かる仕組みなど当然考えられず、自分が好きなもの、売りたいものを見つけようと頭をひねった結果、「あなただけの香水」に出会える香水サブスクリプション・サービスを考えた。

　月三千円払えば、世の中にある数多の香水の中から試してみたいものを三つ選んで、弥生の量り売りのようにミニ香水を届けるサービスである。

今日も恵麻は出資金集めのプレゼンに向かった。

ひとり目は代々続く資産家の社長だった。

「市場規模はどれぐらいなわけ？」

「香りの国内市場は三千億と言われてます。でも私は香りの魅力をもっとたくさんの方に知っていただいて、マーケットを広げていきたいんです」

「他社との差別化のポイントは？」

「そうですねぇ……」

「目標は？」

恵麻は考え込んでしまった。


日本人は香水に馴染みが薄い。香りに秘められた力に気づいていない人が多いと恵麻は感じていた。もちろんトイレの芳香剤とか、消臭スプレーとか生活に根付いてはいるものの、香りというのはマイナスを覆い隠すためだけではなく、もっと夢があるものだと恵麻は感じていた。

例えば、男性が、嫌味のないなんとも言えない爽やかな香りを漂わせた時に、一瞬にしてその人のイメージが十段階ぐらい上がるような気がする。それに、子どもの頃に大好きになった憧れの女性たちは、みんな良い香りを漂わせていたような気がする。

外見をただ美しく飾るよりも、外見はシンプルだけど、内面から美しい香りが漂うような、自分の持つ素材を美しく魅せることができる人が本当の上級者だと、恵麻は感じていた。なぜそう思ったのかはわからない。

弥生はまさにその理想の女性だった。

上質でシンプルなものを着こなし、とにかく素材は品があって美しい。香りを全身から強く漂わせているわけではなく、すれ違った時や、立ち上がった時に、微かに鼻をかすめる香りがどきっとするほど美しい。こんな付け方をできるのは神がかった上級者だと恵麻は感じた。

香りには子どもの頃から敏感だったように思う。それはやはり母親の存在が大きいかもしれない。母は、女性という自分の性をうまくコントロールして使いこなせなかった人だと今振り返ってみると感じる。

家が裕福なお嬢様だったので、贅沢な美しいものが好きだったが、母もまた母親を早くに失ってしまったそうで、女性らしいことを教える人がいなかったのだと思う。メイクのやり方も香水の付け方も教える人はいなかった。当然、母は恵麻に女性らしいことを教えることができなかった。

〈Héliotrope《エリオトロープ》〉は瓶が素晴らしかったので、いつも宝物のように置いてあったが、直接つけることは滅多になかった。

香水の難しいところは、つけた時に他人にどう香るか自分ではわからないところだ。

そして、無数にある香りの中から自分を最も魅力的に魅せる香水がどれなのか選ぶのが極めて難しいところがある。

そんな自分自身の原体験もあって、たくさんの香水の中から選べるサービスをやってみたいと思った。この仕事なら、弥生の所有しているたくさんの香水を恵麻に卸してもらうこともできて、お互いに有益になれるとも思った。

我ながら良いアイディアだと感じていたが、

「本当にこれ儲かるの？」と首をひねられてしまう。


その日のプレゼン相手のふたり目は、まだ四十代の気鋭の経営者だった。

恵麻が一生懸命作った事業提案書をパラパラとめくり、経営者は口を開いた。

「香水のサブスクねえ……利益はどれぐらい出るの？」

「こちらをご覧ください。これぐらいは見込めるのではと」

「数字はいくらでも作れるからね。根拠も甘いし。所詮《しょせん》机上の空論だよ」

「いえ、そんなことは……」

「これをやることでいったい誰が幸せになるの？　君、何にも考えてないんじゃない？」

誰が幸せになるか？　核心をついた質問だった。

「誰がこのサービスを喜ぶの？」

と聞かれた時に、いつも真っ先に頭に浮かぶのは「自分の顔」だった。

弥生から香水を仕入れて、弥生がやっていたように量り売りをすると考えると、恵麻自身がワクワクした。そして、芸術的な香水ひとつひとつに眠る素晴らしいメッセージを解説したサイトを作ると思うと心が躍った。

ただ、それを見る人はどうなのだろう？

無理やりこのサービスに興味を持ってください！　とお願いして、そのサイトに来させない限り、魅力を理解してもらうのは難しいんじゃないだろうか。

そこまで香りに興味を持つ人はやっぱり局所的なわずかな人たちのようにも思える。

さらにその人たちが喜ぶものになっているのか？　それも自信を持って答えられるほどのサービスにはなっていないかもしれない。

弥生は、行き詰まっている恵麻をいつも励ましてくれた。

「やると決めたら絶対に諦めない。成功するまでやり続けるのよ」

弥生はいつも、諦めなければ絶対に夢は叶うと口にした。大抵の人は自分で諦めているだけだと。やり続ければ絶対に成功する、と言った。確かにその通りだと恵麻は思った。「夢を諦める」という言葉はよく耳にするが、人生の最後まで夢を追い続けた人はどこまでいるのだろうか。不思議なことに、そういう人生の核心部分については誰もが口を閉ざすのだ。

人生の真実を知るのは、誰もが人生の最後なのかもしれない。

その人の人生が幸せなものだったのか、夢を叶えたのかどうかは、答えはその人にしかわからないのだ。

ある日、弥生は恵麻に新しいアドバイスをした。

「経営者たちの社交場にも参加しなさい。情報交換も時には必要よ」

そして、経営の初心者でも比較的、温かく迎えてくれる、〝エメラルド倶楽部〟という女性経営者たちの集まるパーティーを勧めてくれた。

恵麻は客としてパーティーなんて行ったこともないので、浮いてしまわないかビクビクしながら向かった。当然、ドレスも持ち合わせていないので、買い揃えたスーツのなかでいちばんエレガントでシックに見えるものを着て行った。

都内の一流ホテルのバンケットホールの扉を開けたら、そこにはとんでもない世界が広がっていた。重厚な部屋には大きく艶やかな花が中央とその角に飾られ、鏡張りの部屋に無数のセレブの姿が映し出されていた。

黒や赤の上質なドレスや、タキシードを身に纏《まと》った人々が目に飛び込んできた。恵麻がかつて働いていたバンケットルームとは雲泥《うんでい》の差だった。ああ、これが本物のセレブの世界なんだと恵麻は身を縮めながら、ホールの脇をそろりそろりと歩いていった。

歩き回っているだけで、難しい経営の会話が耳に入ってくる。

とりわけ成功している経営者の周りには人だかりができていて、こぞって周りの女性たちが話を聞きたがっているようだった。

耳に飛び込んでくる会話はまったくと言っていいほどわからない。そのことが誰かにバレたらこの場からすぐにつまみ出されそうで、恵麻は本当にドキドキした。

ビュッフェ形式のホテルの軽食とケーキはどれも美味しそうで目移りした。ひとまず落ち着くために何か食べ物でも口にするかとふらふらしていると、ウェイターにぶつかりそうになり、シャンパンを勧められた。

端から見たら恵麻は完全に場違いであっただろう。そんな恵麻を横目で見ながらパワフルに会話している女性経営者がいた。

「今は男もシェアする時代よ」

パンチ力のある言葉が恵麻の耳に飛び込み、仰天した。時代が変わったのか、この人たちの思想が最先端なのか、男性が何人もの女性と付き合うのは男がパワフルで女を手玉にとっているとばかり思っていたが、こんな逆転の発想があるとは目から鱗だった。

ひとりの男性をパワフルな女性たちがシェアして皿に取り分けているイメージがふわっと浮かび上がって少しおかしくなった。

「あなた」と突然、恵麻は呼び止められた。

恵麻が振り返ると、男をシェアする時代と口にした五十代ぐらいの真っ赤なドレスの女性が恵麻の前に立っていた。大振りのダイヤのイヤリングに、鮮やかな口紅が歳を重ねた美しさを際立たせていた。

かつて魔女の香水屋を訪れた〈オーデメルヴェイユ〉をつけていたあの若くて美しい水商売の女性が、女の価値は若さと美しさだと嘆いていたが、ここにいる女性からは微塵《みじん》もそんな悲壮感を感じさせなかった。

私の価値は私が決めるというオーラを、全身から放っていた。

「あなた、若いのに人生損してる。『美』は武器になるのよ。中身も外見も美しくあろうと努力しなきゃだめ。おじさん化する必要なんてないの」

「え、おじさん……?」恵麻は慌てて自分自身を眺めた。今考えられうる目一杯のおしゃれをしたつもりだが、目の前の女性にはまったく通用していないようだった。

確かに恵麻の倍ぐらいの年齢のこの女性はこの瞬間、恵麻より遥かに強い光を放っていた。

「優美。そろそろ次のパーティー」

と恵麻の背後から声が聞こえてきて振り返ると、三十代ぐらいのイケメンが彼女に近づいてエスコートしてさらっていった。恵麻は終始呆気に取られてその光景を見つめていた。

「仕事も恋も、大胆不敵に美しく」

パワフルな女性経営者は恵麻にそう言い残して去っていった。

恵麻は呆然と見送った。恋、とはなんとも縁遠い言葉なんだろう。恵麻は人を本気で好きになったことなどない。学生時代にかっこいい先輩に憧れたことや、友達みたいになった人に淡い恋心を抱いたことはあるが、深い恋愛なんてしたことがないのだ。二十六歳にもなってなんとも寂しいことだった。恋愛を想像しようとしても紗幕がかかったようにぼんやりと夢の向こうの世界が広がるだけだ。

不思議な勇気を授けられた恵麻は、今度は自分から何か経営の極意を伝授してもらおうと話しかけられそうな人はいないか、あたりを見回した。

どこを見回しても話しかけただけで「礼儀がなってない」と恵麻が怒られてしまいそうな女性ばかりだった。

またふらふらと飲み物を取りに行こうとした時に、ゴールドのドレスの女性にぶつかりそうになった。

「あ！　申し訳ありません……！」

先ほどの女性より少し若く、大きく胸と背中があいたドレスにはスパンコールが煌びやかにちりばめられ、その肌の白さにうっとりと目が奪われそうになる美しい女性だった。

こんなにしなやかで綺麗な女性も経営者なんだ……とまた恵麻はびっくりした。その身体の細さと柔らかそうな肌を見て、これは自分が男だったら身も心も彼女に溺《おぼ》れてしまいそうだと、妙なことまで頭をよぎる。

「……あまり見ない顔ね。若葉マークの社長さん？」

「は、はい！　あの……私になんでもいいので経営の極意を伝授していただけないでしょうか？」

恵麻はつい思っていることをそのまま口にしてしまった。

経営の極意なんて、漫画じゃあるまいし……と言ったそばから恥ずかしくなった。

ゴールドのドレスの女性はおかしそうに笑った。そして突然、恵麻の胸を指さした。

「あなたの事業に、ハートはあるのかしら？」

「えっ……」

恵麻に顔を近づけて、

「あなたの魂が入った仕事、あなたの魂のこもった言葉しか人の心は動かさないわよ」

と囁いた。真剣そのものの目だった。

そしてすっと離れたら、ファニーな微笑みを浮かべてその場を後にした。

「魂……」

恵麻は、自分の魂を突き動かすものが何かわからなくなり、急に宇宙空間にでも連れていかれた気がした。そして何かが弾けるように、魔女の香水と優しい眼差しが蘇った。

暗闇の中に、柔らかくて優しい光が差し込んだような気持ちになった。

震える手で、弥生から授けられた小さな香水瓶を取り出していた。

〈ナンバー8〉の香水がそこで煌めいていた——。

恵麻は魔女の店のドアを勢いよく開けて、すぐに口を開いた。

「弥生さん、私、起業していちばん売りたいものが見つかりました」

恵麻は興奮していた。

「どうしたの？」

弥生が不思議そうに恵麻を見た。

「あなたの香水です。〈Parfum《パッファン》 de《ド》 prieres《プリエール》〉です」

その瞬間、弥生の顔が固まった。

「私が仕事に目覚めたのは、あなたの香水のおかげなんです。あの香水はここでしか見たことがない……」

弥生は恵麻から視線を外し、

「あれは売り物ではないのよ」

と氷のような口調で返した。あまりに冷たかったので、恵麻の心臓は波打った。

弥生は恵麻に背を向けてカウンターの奥へ向かったが、恵麻はめげずに追いかけた。

「どうして売らないんですか？　私はあんなすごい香水には出会ったことがないです」

弥生は恵麻に背を向けたままで、その表情は窺《うかが》い知ることはできなかったが、話し続けた。

「お願いします。私のブランドの魂にさせてください」

けれども弥生の声は冷えきっていた。

「……申し訳ないけど、商売にするつもりはないの。お願いだからそのことはもう考えないでちょうだい」

恵麻は愕然とした。こんなに冷たい弥生は今まで見たことがなかった。

何がいけなかったのだろうか。

ひょっとしたら、弥生が大事にしていたものをお金に換えようなどという、下世話で失礼な話に聞こえてしまったのだろうか。

いや、弥生のことだからそういう理由ではないのかもしれない。もっと深い何かがあるのかもしれない。けれども、どちらにしても恵麻は弥生を怒らせてしまったような気がして、大きなショックを受けた。

店を出ると、日が陰ってきていた。

赤い玉座に鎮座するモフモフの白猫を嬉しそうに撫でている男がいた。

恵麻は驚いた。かつて恵麻がスカウトしてほしいと詰め寄ったあの青年だった。確か弥生に杉斗と呼ばれていた。

あの時とはだいぶ風貌が変わっていた。ダークなスーツにピアスをしている水商売っぽい雰囲気は微塵もなかった。

黒いTシャツとジーパンに、腰巻の黒エプロンをしていて、おまけに黒いタオルまで頭に巻いていた。

杉斗は恵麻に気づいて、

「あれ？　あんた」と恵麻を見上げた。

「どうしたんですか？　そんな格好して」

恵麻が上から下までマジマジと見つめると、杉斗は具合が悪そうに悪態をついた。

「うっせーわ。もう今はスカウトじゃなくて、そこのラーメン屋で働いてんの」

恵麻は杉斗が見かけによらず子どもっぽくておかしくなった。

「よほどこの町が好きなんですね？」

杉斗はからかわれたと思ったようで少しムッとして、お前に何がわかるんだという感じで、またモフモフの白猫を撫で回した。

「こいつほっとくわけにいかないだろ？」

そして杉斗は立ち上がり、今までと打って変わって真面目な調子になった。

「ってゆうか、あんたこそ、何してんの」

恵麻はなぜかこの男には本当のことを包み隠さず話していた。

「弥生さんのプリエールを商品化したくって」

杉斗は顔をしかめて、「ああ」と鼻で笑った。

なんだか、弥生のいろんな事情を知っているような様子だったので、今までもそういう提案をした人がいるのかもしれないと思った。

その人たちは商売っ気がある人たちだったのかもしれない。恵麻はその人たちと同じ人種に見えたのかもしれなくて、誤解を解きたくていてもたってもいられなくなった。

「でも、すごく大切なものみたいで断られちゃった」

杉斗は恵麻を小馬鹿にしたように、そして諭すように言った。

「あのさ、売るものなんて人に頼らないで自分で考えたら？」

確かにはたから見れば、人のアイディアを取ろうとしている小ずるい若者にも見えるかもしれなかった。

「魔女の香水」に心底惚れている自分の気持ちが伝わらないのが、もどかしくて悔しくなった。

「……あなたに言われたくないですね」

「なんだよそれ」

むくれる杉斗の胸元に光るものを発見して、

「あれ？」と恵麻は目を留めた。

杉斗の首にかかるペンダントの先には小さな瓶がついていた。

「それ、どうしたんですか？　もらいものですか？」

杉斗は恵麻の視線の先にある瓶を手にして、

「え？　これのこと？　ずっと前からつけてるけど」と言った。

「ずいぶん似合わないものつけてますね」

「はぁ？　あんたに言われたくないわ」

その返しに恵麻は思わず笑った。この青年は不思議だと思った。あの時に魔女の店に連れて行ってもらってから数回しか会っていない男だったが、一緒にいるとなんとなく安心感があった。同じ孤独の空気を纏っているような感じもした。

杉斗は恵麻から目をそらして、でも少し照れたように、

「これは、もうひとりの俺なんだよ」

と呟いた。

なんだか大きな秘密がそこにありそうで、杉斗に対する謎がさらに深まったが、ひどくこの男に共感している自分にも気づいた。

恵麻もそうなのだ。両親のいない恵麻にとって、弥生はすがりたくなるような人なのだ。

杉斗にもきっととても大事なものがあるに違いない。こうやって肌身離さず身につけていたい大切な何かを彼は抱えている。

恵麻はそう直感した。

その夜、弥生は香水屋の二階で頭を抱えていた。せっかく恵麻が〈プリエール〉を自分の魂にしたいと言ってくれたのに、なんという態度を取ってしまったのだろう。弥生は自分の大人気ない振る舞いに嫌気がさしていた。

調香のオルガン台の傍には、九つの〈プリエール〉が置かれている。

香水瓶はひとつひとつ、すべて形が違った。

どれもまるで宝石のような輝きを持っている。

それぞれの瓶は、香りのメッセージにあわせて選んだものだった。

これらの香りも、瓶も、自分が大切にしてきたヴィンテージの香水と変わらず、芸術品だという自信があった。それは弥生が最も信頼した最愛の男と一緒に作り上げたものだからだ。

目を瞑ると今でも彼との記憶が蘇ってくる。

香りを嗅ぐと、目の前に彼が現れるようだ。

たまらなく愛していた。世界で一番。

もうあんなに人を愛することはない。弥生の運命の相手だった。

しかし、もう彼はいない。

弥生は彼との記憶をたどり、まだ香りを探していた。謎を解くように。

それは永遠に終わらない作業だった。なぜ自分の前から消えてしまったのか、弥生はずっと探し続けていた。

この悲しみの呪縛から逃れられない限り、この〈プリエール〉は完成しないのだ。

弥生は深い悲しみとともに、新たな試作品の香りを嗅いで目を開いた。

今日の香りも違う。わからないのだ。やはり永遠にこの香りは完成しない。

数日後、舞が久々に魔女の店を訪れた。

すっかり上流階級のマダムの風情になっていた。しかし、表情は暗かった。

そして、〈オーデメルヴェイユ〉の香りもしなくなっていた。

「籠バッグの教室はやっぱりやめたんです。夫と不妊治療を始めたんですが、うまくいかなくて……」と俯いて話し始めた。

舞の方に原因があると思い込んでいる夫は、治療をさらに次のステップへ進めたい、体外受精しようと舞に詰め寄ったのだという。

もう治療を辞めたいと口にした瞬間、夫は見たこともない姿を見せたのだと舞は怯えながら弥生に打ち明けた。

「……目が変わったんです。怒りが燃えるような感じ。間違いなく私に殺意を感じたんです」

「あなたに？ まさか」

「人が周りにいるのに、ものすごい力で私の腕をつかんで。誰もいなかったら殴られてたんじゃないかって……」

その姿を想像して弥生は絶望的な気持ちになった。

「こんなに君のために頑張ってるのにって、聞いたこともない低い声で」

すべて舞が悪いと言わんばかりに翔は怒りを燃やしていたというのだ。

人というのは本当にわからない。

「王子様みたいな人だって思ってたのに正反対だったんです。彼が私に抱いているのは愛じゃなくて憎悪だと思います」

舞は追い詰められたように弥生に訴えた。

香水を買いにきたのではなかった。もう香りのことはどこかへ行ってしまっていた。

舞はただ恐怖から逃げてきたのだ。


弥生の氷のような姿を目撃してからというもの、恵麻は反省しながら、ひたすら考えていた。

「魂」となるようなものは何か、自分の魂を震わせた出来事は何か。そうすると自ずと見えてくるものがあった。

恵麻は安物のノートパソコンに向かってひたすら文字を打ち込んだ。

『人生を変える香り』

と画面に表示されていく。さらに打ち込んでいった。

『誰にでも眠る可能性を香りの力で引き出す』

「魔女の香水」の何に感動したのか、もう一度考えてたどり着いた答えがこれだった。

しかし、実際これをどうやって具体化するのか、まだ恵麻には見えていなかった。

自分が調香師だったら、そんなこともできるのかもしれない。いや、調香師だとしてもその人にふさわしい香りまで見抜くことはできないだろう。

我ながらこれは高いハードルを掲げすぎたか……。

ふと、恵麻はかつて楠香料時代にがむしゃらに研究していた頃のノートを読み返してみたくなった。棚に大事に仕舞い込んであったそのノートを恵麻は引っ張り出した。

一枚のページにぎっしりと書かれた血の滲むような努力がなんだか微笑ましかった。

意外と自分って頑張ってるじゃん、と自画自賛したくなる。

「華やか」「柔らかい」「爽やか」「清潔感」など、さまざまな香料を嗅いでみた時の自分のイメージがびっしりと書き連ねてあった。

もしも、まったく香りに興味のない人が、自分の好みの香りを探そうとしたらどうするだろう？　魔女のお店にそんな人が訪れたら弥生はどうするだろう？　恵麻の頭に問診表のようなものが浮かんだ。

このノートと逆に、イメージを先に決めたらそれにあったいくつかの香料が絞り込まれていくはずだ。そうやって膨大な質問から逆算して香料がどんどん絞り込まれたら、いったいどんな香水ができるだろう。

恵麻はゾクゾクした。できる気がしてきたのだ。

確かではないが、かつて河原が夢のように語っていた人工知能《AI》の技術の話を思い出していた。ＡＩに香料とイメージの情報を大量にインプットさせて、学習させていったら〝調香〟ができるのだろうか。その人だけのストーリーが生み出せるのだろうか？

考えただけで鳥肌が立った。

見つけた気がした——。

それから数週間後、恵麻はリサーチと研究を重ねて、自分の考えが妄想に留まらないことを確信したうえで、弥生から紹介してもらっていた、とっておきの投資家のもとへ足を運んでいた。

日本でも有数の成功者だった。常に時代を先読みし、自分がやりたい商売にはまったくこだわらず、儲かると思ったら、信じられないスピードで事業を起こしていく。超豪腕でやり手の投資家・東村《ひがしむら》誠一《せいいち》。「幸運の女神には前髪しかない」という言葉は、この人のためにあるような感じだ。

恵麻は彼に会うだけの自信が生まれるまで、最後のカードを取っておいていたのだ。

だが今がその時なのだろう。

渋谷のスクランブルスクエアにそのオフィスはあった。

信じられないほど広大なラウンジの真ん中に、薔薇が敷きつめられた大きなテーブルが置かれていた。

恵麻はそこで東村と一対一で向かい合っていた。足はすくみ手が震えた。

紙屑のように企業から捨てられてきた自分がこんな重厚なラウンジで、日本有数の投資家にプレゼンする日が来るなんて、誰が予想できただろう。

恵麻は東村に渡した企画書を説明し始めた。

「人生を変える香り……？」

「私自身も、香りで人生が変わったんです」

東村は恵麻を鋭い視線で見つめた。

プレゼンにきた人間がどの程度の器か、秒で見抜くのも彼のお得意だと聞いていた。

この人間は嘘で騙してお金を引き出そうとしているのか、真実の言葉を告げにきたのか、じっと見抜こうとしているようだった。

恵麻はその視線に応えることができた。

今までだったら違っていただろう。でも今の恵麻は心の底から自信のある事業を提案している。湧き出る言葉はすべて真実の言葉だった。腹の底から自然に湧き出ていた。まるで神が降りてくるような感覚だった。

「自分の中に眠っている未知の可能性に気づかせてくれる香りを、ＡＩがお客様の好みやイメージにあわせて提案できるシステムを作りたいと考えています」

東村は感心しているのか、そうでないのか、窺い知れない様子で「ほう」とだけ言った。

差し込む日の加減で片側は影で表情が見えなかった。しかし恵麻は怯まず果敢に説明した。

「第一弾として、サブスクリプションで従来の香水をお客様のニーズに合わせて提案するサービスを展開して、会員数を増やします。この事業展開の中で香りの好みのデータを収集し、そこで第二弾としてこのデータも活用しながらＡＩがお客様それぞれにあったオーダーメイドの香水〈アロマタイズ〉をご提供します」

東村は、値踏みするように恵麻をじっと見つめていた。

「店舗も必要ありません。ネット上の仮想店舗で、世界に向けて発信したいと思っています」

恵麻は一気に伝えたいことを言いきった。

声も上ずらず、流暢に話すことができた。

今まででダントツの出来栄えのプレゼンだったのではなかろうか。恵麻は達成感と手応えを感じながら、期待と不安に胸を高鳴らせて東村を真っ直ぐに見た。

相変わらず差し込む光で片側の目が光り、表情はわからない。物事に決して動じないような岩のような物腰で、「そうか」とようやくひとこと発した。

恵麻は顔をあげた。

「君にいいことを教えてあげよう」

いいこと、という割に声が冷たく固かったので、恵麻は嫌な予感がした。

「人にしてもらうことばかり考えていてはだめなんだ」

意地の悪いニュアンスが滲み出て恵麻は身構えた。傷つけられる予感がした。

「……それは」

「僕の今までの経験ではね、自分がした分しか人からは返ってこない」

恵麻は固まった。だめだ——これからもっと酷い言葉を浴びせられる。

それはそうだ。メリットがあるかどうかもわからないことに、大金を出してくれだなんてとんでもなく図々しく無礼な話だ。

と恵麻は改めて自分が恥ずかしくなった。

「――ただね、逆に言えば」

その後に続いた東村の声は急に柔らかくなった。

「してもらった人はその分だけ必ず返そうとする」

恵麻は予想もしていなかった言葉に顔をあげた。

「その香水でたくさんの人の人生を変えることができるなら、君に返ってくるものは果てしなく大きいだろうね」

恵麻は息を呑んだ。

東村の表情が片側だけだがはっきりとわかった。その顔は微笑んでいた。眼差しはひどく優しいものだった。

「君と一緒に、たくさんの人の人生を変えてみたくなった。費用は全額だしてもかまわない」

思わぬ言葉に恵麻は泣きそうになった。

いや、涙がこぼれ出すのを誤魔化すのに必死だった。

「ありがとうございます」

笑顔で取り繕ったその顔はきっと不細工だっただろう。

けれどこれは、恵麻の生まれて初めての成功体験だった。


日曜日の昼下がり。渋谷に百年近く前からある名曲喫茶ライオンで、恵麻はコーヒーを飲みながら人を待っていた。

この喫茶店には大きなスピーカーがあり、壮大なクラシック音楽を、まるでコンサートホールのように聞くことができる。かつて上皇陛下も訪れたそうだ。

一階席と二階席があり、スピーカーに向かって椅子が並んでいた。吹き抜けになっていて、下を見下ろせる二階席は本物の劇場のように美しい。椅子は赤いビロードのシートだった。

その日は穏やかで優しい音楽が奏でられていた。

恵麻が企画書を読み返していたら、

「よ。元気だった？」

と声がかかった。河原が嬉しそうに立っていた。恵麻も懐かしさでいっぱいになった。

恵麻は〈アロマタイズ〉を考え付いた時から河原を仲間に引き入れたいと考えていた。

「お久しぶりです」

恵麻が微笑み返すと、河原は恵麻のテーブルの向かい側に腰掛けた。

「読んだよ、企画書。すごいね、なにこれ」

河原は興奮していた。恵麻の予想通りだった。

「はい。投資が決まったのでシステムを開発したいんです。河原さん、ＡＩを絡めたビジネスにも詳しかったですよね」

「正直、めちゃくちゃ興味あるよ。詳しく聞かせて」

恵麻は待ってましたとばかりに、ここ数か月試行錯誤して考えた構想を話し始めた。

「魔女が営む香水屋という仮想店舗を出店して、そこにきたお客様は、魔女の質問に答えていくんですけど、その魔女がＡＩになっていて」

恵麻は、単に問診表のようなものに入力していくだけでは味気ないと思い、自分自身が魔女と話している時のような気分になれるＡＩの魔女を誕生させようと考えたのだ。

そこで、かつて楠香料にいた頃のノートを何冊も取り出して河原に見せた。

「すごいな」と河原はノートをめくって驚いた。香料に対する無数のワードを書き連ねているなんてクレイジーだと思うに違いない。しかしそのおかげでＡＩシステムが構想できたのだ。

「こんなふうに香りと結びつく膨大なワードデータをＡＩに学習させて、質問に答えた言葉によって、お客様が求めている香りの属性を絞り込むんです」

「なるほど」

河原は興奮冷めやらぬ様子で、「それができたらすごいね」と前に身を乗り出した。

恵麻は河原にＡＩシステムの開発を外注したいと考えていた。

「楠香料に外注しても構いませんので、ぜひ一緒に」

すると、急に河原は真面目な顔つきになった。

「……いや。僕を君の会社にヘッドハンティングしたらどうかな？」

いつもおちゃらけている河原の真剣な眼差しは、どきっとさせるものがあった。

「……え？　本気ですか？　冷やかしですか？」

恵麻は散々人に裏切られてきたので、そんな簡単には人を信用しない。

河原は、目を輝かせてさらに身を乗り出した。

「本気って言ったらどうする？」

信じられない申し出だった。

河原は楠香料を辞めて、恵麻との〈アロマタイズ〉に懸けてみるつもりらしい。

あの一生安泰な大企業を辞めて、こんな頼りない自分についてきてくれる人がいるなんて。

身震いするような感動と、責任が同時に生まれた。もう自分だけの妄想ではなくなってきている。これは人の人生まで巻き込んだ大勝負だ。儲からなければ、この人の人生を狂わせてしまうことになる。

人生はまるでギャンブルだ。鳥肌ものだ。

自分に賭けてくれる人が次から次へと現れる。

なんとも言えない高揚感と、崖っぷちにじわりじわりと追い詰められていく背反することの感覚。

これも経営の醍醐味のひとつなのだろうか。

恵麻は自分についてくるからには、河原に絶対後悔させまい、と心に誓った。

## 第4章 愛の行方

渋谷の駅近くの路地裏に、美味しい定食屋があった。普段はあまり通らない道なので滅多に入ることはないが、その日は営業で近くまできたので、無性に食べたくなった。素朴で懐かしいお惣菜が多くあった記憶がある。

店内は空いていて、会社帰りらしき中年男性がひとりで酒を飲みながら、定食に舌鼓《したつづみ》を打っていた。

店の壁にかけられた定番メニューと今日のオススメを眺めながら、空いているテーブルに着こうとした時に、恵麻の視界に見覚えのある人物が飛び込んできた。

あの人は、もしかして——。

いや、見間違いかもしれない。

恵麻はもう一度、その人を見た。

以前はもっとカッチリときまった髪型で、仕立ての良いスーツを着ている姿しか見たことがなかったが、確かにクールブランの社長・横山に違いなかった。

髪は乱れていて、プライベートなのか地味な色合いのラフな服装をしていた。無《ぶ》精《しょう》髭《ひげ》を生やしているようだった。仕事で疲れているのだろうか？

横山は恵麻の仕事や考え方を認めてくれた唯一の男性だった。

恵麻は思いのほか、緊張している自分に気づいた。鼓動が速まるのが自分でもわかった。

恵麻は恐る恐る、テーブルから立ち上がり、横山に話しかけた。

「……横山社長」

横山は顔を上げて驚いて恵麻を見つめた。

「……久しぶり」

恵麻はますます鼓動が高まるのを感じながらも必死で平静を装った。

「お元気でしたか？」

横山は懐かしそうに顔を綻ばせた。

「君こそ」

恵麻は、勇気を出して言ってみた。

「ご、ご一緒してもよろしいでしょうか？」

今までの関係ならば絶対かけられない言葉だった。でも今の恵麻は曲がりなりにも会社の社長になったのだ。

横山は一瞬驚いたが、やがて嬉しそうに目を細めた。「いいよ。もちろん」

そして向かい側の席に置かれた荷物をどかして、恵麻はそこへ座った。

横山から渡されたメニューを持つ恵麻の手が緊張で震えてしまう。

恵麻はその時に、自分は横山のことを意識しているのだと気づいた。

「ずいぶん雰囲気が変わったね」

恵麻も横山を改めて見つめて、

「……横山社長も」と思わず口にしたら、横山は苦笑した。

「君は会社を辞めたあと、どうしたの？」

「実は……起業したんです」

横山はまた驚いた。

「そうなんだ……何の事業を？」

「香水です」

それを聞いて、横山は嬉しそうな顔をした。

「へえ、やっぱり香りが好きなんだね」

「横山社長は順調ですか？」

その言葉を聞いて、横山は黙り込んだ。

「……君は何も知らないんだもんな」

恵麻はきょとんと横山を見つめた。

その表情にはどこか苦しさも滲《にじ》んでいるような予感があった。

横山は恵麻の視線に気づいて、

「いや、なんでもないよ。ここはね秋刀魚《さんま》定食が美味しいんだ。それに唐揚げもね」

恵麻は目を輝かせた。

「本当ですか？　じゃあ私それにします」

横山は、奥にいる店員に向かって手をあげ、

「秋刀魚定食ふたつ。あと唐揚げ」

と注文した。その時に、フワッと香りがした。

ああ、あの時と同じ、金木犀だ。ずっと同じ香りを大切にする人は、人も物もずっと大切にする人に違いない。

恵麻は横山の顔を盗み見た。

すると、横山も同じタイミングで恵麻を見た。

微かな香りのように、予感がした。何かが始まるような——。

横山の言う通り、店員が運んできた秋刀魚定食は驚くほど大きくて肉厚で脂が乗っていて、本当に美味しそうだった。たっぷりと大根おろしも添えられていた。

恵麻と横山は大根おろしに醤油をかけて、大きな一口を頬張った。

あまりの美味しさに幸せが広がった。

横山も同じ気持ちなのだろう、目で確認しあうかのように微笑んで頷きあった。

何気ないささやかな幸せを目の前にいる横山と共有していることが、恵麻は不思議だった。

「秋は好きなものがたくさんあるな。僕はやっぱり金木犀の香りが子どもの頃から好きだな」

「私もです。紅葉も好き」

恵麻はさっき気づいたことを口にした。

「今日も、金木犀なんですね」

横山は「ああ」と恥ずかしそうに微笑んだ。

「いちばん幸せだった頃を思い出すんだ」

どこか遠い目をしていた。

横山は小さい頃の思い出を恵麻に話した。

近所の公園に父親とどんぐりを拾いに行った話だったり、他愛もない話ばかりだったが、それは恵麻の子どもの頃にも通じるもので話はどこまでも弾んだ。

いつの間にか日はすっかり落ちていた。思いのほか長い時間定食屋にいたように思う。

恵麻と横山は店から出てきた。夜なのに街の光で照らされた雲が明るく見えて、ジメっとした湿度を感じた。

横山は空を見上げて、

「雨が降りそうだ」と呟いた。

今日、このまま別れたら、もう二度と会えなくなるのかなと思ったら、とてつもなく寂しい気がした。

遠くに電車が通る音がして、寂しさが一層高まった。

「じゃあ、僕は会社に戻るから」

「……はい」

もう一度会えないか聞いてみようかと思ったが、それも恥ずかしい。そこまでの仲ではないのだ。それとなく連絡先をもう一度聞いてみようか。いや、どれもこれも女性から言い出すのは違うような気がする。

横山も何かを躊躇《ためら》ってしばらく動き出せずにいたが、一歩、歩き出した。

さようなら。横山社長。

そう思った瞬間、恵麻は、「そうだ」と声を上げていた。

横山は足を止めた。

「雨にも香りがあるって知ってました？」

恵麻は一生懸命、横山の背中に向かって言葉を投げかけた。

横山にはきっとわかると思った。これが最後なら、最後までふたりに通じるものを共有して終わりにしたかった。

横山は少し驚いたような顔をして振り返り、

「やっぱり」というような嬉しそうな目をしていた。

「君にもわかるんだ」

恵麻と横山はしばらく見つめあっていた。

互いに微笑んでいたけれど、恵麻は胸が締め付けられるようだった。秋の虫の声がやけに冴えて聞こえた。

この人ともっと一緒にいたい、と思った。

ふと横山は寂しげな表情になった。

「また、会ってくれる？」

と恵麻に問いかけた。恵麻はまるで心臓がつかまれたみたいにぎゅっと震えた。

その日の夜は、もうお客さんがこないかと思い、弥生はめぼしいブランドの新商品を試香していた。早めに店を閉めてしまおうかと思っていた時に、不思議な客が店を訪れた。黒いトレンチコートを着た女性だった。黒いブーツを履いていて、そのコツコツと硬い音が妙に店内に響いた。

普通の職業でないことは明らかだった。

その女性は香水には見向きもせずに、弥生のところへ向かってきた。

そしてカウンターへ一枚の写真をひらりと見せた。それは舞の写真だった。弥生は息を呑んだ。舞が何かの事件に巻き込まれたのだろうか。

黒いコートの女性は続けて、名刺を弥生に差し出した。

そこには『ＭＲ探偵事務所　上尾みゆき』と書かれていた。

「旦那様から捜索のご依頼を受けておりまして」と上尾みゆきは続けた。

舞は家を飛び出したのだ、と弥生は理解した。

何か良くないことが彼女の身に起きているのだと、ざわざわと胸騒ぎがした。


それから数日後、閉店後の真っ暗な店に、ボロボロの姿になった舞が訪れた。

意気消沈していて、ほとんど話せないほど疲れていた舞に、弥生はまた心地よい香りが漂うホットチョコレートを作ろうと思い、店の奥へ行った。

そこへ、舞の携帯電話が鳴った。

夫の翔からだった。ホットチョコレートが入ったカップを持って戻ってきた弥生は、舞が震えているのを見て驚いた。

携帯が鳴り止むと舞は全身の力が抜けたように脱力した。しかし不安は消えていないようで身体が萎縮しているのがわかった。

「これが、夫の本当の姿だったんです」

翔はあれからさらに思い通りにならない舞に対して憎悪を募らせて、ちょっとしたことでキレて怒鳴りつけ、手を上げるようになった。

その変貌ぶりで毎日が地獄のようだったという。

もはや翔は、舞にとってまるで別人に変わってしまったモンスターのようだった。


弥生はホットチョコレートのカップを舞の座る椅子の隣にある小さなテーブルにそっと置いた。

「さあこれを飲んで。気分が落ち着くわ」

舞は一口、チョコレートを飲んでほっと息をついた。

「やっぱり魔女さんといると安心しますね」

弥生は海のように深い眼差しで舞を見つめた。

舞は、少しだけ顔を和らげた。

弥生は静かにそっと問いかけた。

「どこへ行ってたの？」

「静岡のおばあちゃんの家で紙紐のいろんな編み方を習ってたんです」

舞はここ数週間、無我夢中で編み続けたという紙紐のバッグを弥生に見せた。

舞から受け取って弥生はそのバッグを眺めた。紙でできているとはにわかに信じ難いほど上質で美しい、気品のあるバッグに仕上げられていた。

弥生は改めて舞の持つ能力の素晴らしさに感動した。

「見事ね」

舞は照れたように微笑んだ。

「無心になりたい時はこれに没頭するんです」

たくさん携えた旅行バッグの中から、舞は何冊ものノートを取り出した。

弥生がページをめくると、そこにはおびただしい数の編み方の絵が描かれていた。

「ベルトとか、籐の籠とか、あらゆる編み物を解体して紙紐用に百通りの編み方を考えたんです」

鉛筆でスケッチしたものに、綺麗に色鉛筆で色付けされている図がいくつもあった。

百通りの編み方が確かにそこにしたためられている。弥生は感嘆の声をあげた。

編み方を弥生に説明し始めた舞は生き生きと瑞々しい光を宿し始めたが、そこへ再び翔からの電話がけたたましく鳴った。

舞はまた震え始めて「ほら、またきました」と身を固くした。ガクガクと足まで震えた。

弥生はその様子を見て舞がどれだけ酷い目に遭っているのかわかった。

舞は震えながら、「家にいると息がつまって。恐ろしくて」と絞り出すように言った。かきあげた髪の毛のすき間から殴られたような痣《あざ》がチラリと見えて、弥生は息を呑んだ。

「毎日不安で」

ガタガタと震える舞に、弥生は立ち上がって自分の大きくてあたたかなショールを持ってきてかけてあげた。そして優しく背中を撫でながら、

「大丈夫よ。あなたなら。大丈夫だから」

とおまじないように呟いた。

舞は涙がこぼれそうな目を伏せた。

弥生はカウンターの奥へ消え、そこから新しい宝石のような香水を持って現れた。

そして、小さなテーブルへそっとその香水を置いた。

札には〈Parfum de prieres : Plaisir n°1〉と書かれている。

「この香りは、〈Plaisir《プレジール》〉」

弥生の瞳は慈愛に満ちていた。

「どんな時でも、楽しむことから始めるのよ」

舞はハッとしたように弥生を見た。

「私、紙紐を編んでいる時がいちばん楽しい」

「そう。じゃあもっと深く考えてみることね。その手芸の何が好きで、これを使って人の役に立つことができるのかどうか」

舞は弥生の話にじっと耳を傾けた。

「いつもワクワクしなさい。どんなに自信を失った時も、どんなに絶望した時もその状況を楽しまなきゃ」

「絶望したときも……」

「当たり前よ。あなたの人生は、あなたにとって最も面白いストーリー。いちばん好きなように作れる物語なのよ」

その言葉は舞に届いたようだった。舞は呆然と弥生を見つめていた。

「誰だって一生懸命生きてるのに、ちょっとしたボタンの掛け違えで人は壊れてしまうものだから――」

「……いつも、うまくいかないことばかりで」

「そんなことないじゃない。あなたはずっと、ちゃんと生きてきたわ」

舞は激しく首をふった。

「ちょっとしたことが始まりだったんです。その前は毎日が楽しくて夢みたいで……。きっと自業自得です。どうして私の人生はいつもこうなんだろう……」

「人生を楽しく生きるかどうかはあなた次第よ」と弥生は舞に優しく語りかけた。

舞の目に涙が溢れた。

「――必ず、私だけのストーリーを見つけます」

決意する舞の顔を見て弥生は微笑んだ。

そして〈ナンバー１〉の瓶を魔女は舞の手に握らせた。

「さあ、蓋を開けてみて」

舞は、大切そうにそれを受け取り、瓶の蓋を開けた。ゆっくりと深く思いきり香りを吸い込んだ。

強張り続けた舞の身体の奥底にまで染み渡ったようだ。舞は、そっとまぶたを開けた。

その瞳に宝石にも勝る光が宿るのを弥生も感じた。

数日後、舞はこやし屋という中古品の買取店を訪れた。

大切に使ってきたあのルビーのバーキンを売りに来たのだ。服装もさっぱりとして、新しく生まれ変わったかのように清々しい表情になっていた。

店員が白い手袋をはめて入念にバーキンをチェックする姿を眺めながら、舞はいろんなことを思い出していた。

このバッグは舞が水商売で貯めたお金で初めて買ったものだ。ナンバーワンになった時に自分へのご褒美として買った。百万はゆうに超えたと思う。

査定された結果の明細書と札束と封筒がトレイに乗せられてスッと差し出された。

「こちら、お確かめください」

「ありがとうございます」

エルメスの財布と合わせて百三十万程度だったが、翔と別れて暮らしながら、起業するにはちょうど良い資金だ。

舞はあの後、自分が思い描くストーリーを実現するために、翔と別れる決意をした。

紙紐での籠バッグを仕事にしようと思った。

舞にはひとつ考えがあった。

自分が作ったバッグを売ることを商売にするのではなく、この籠バッグを作りたい人たちのための仕事を生み出そうと思っていた。

近所の奥さんたちも皆、自分で作ってみたいと言った。舞の考え出した編み方を知りたがり、自分だけの紐の色合いをチョイスしたがった。

皆、自分だけのバッグを作ることを夢見ていた。綺麗な網目でなくてもきっと良いのだ。

子どもや家族のために愛情を込めて作ったバッグで買い物をして、小物入れを家に飾るような生活にワクワクしたに違いない。

舞はたくさんの人にワクワクが広がることが、最も大事だと感じた。だから、バッグそのものではなく、作り方のレシピと色とりどりの材料の紙紐を売る会社を立ち上げようと考えていた。

封筒にお金を入れ、バッグにしまって舞は立ち上がった。

行こうとする舞を、残されたルビーのバーキンを手にした店員が呼び止めた。

「これ、宝物だったんじゃないですか？」

舞ははじかれたように振り返った。見事に言い当てられて笑みがこぼれた。

しかし、今の舞にとっては違うのだ。

「今はこっちが宝物なんです」

舞は、手にしていた静岡で編んだ紙紐のバッグを誇らしげに見せた。

恵麻は渋谷のレンタルオフィスの狭い一角を借りて、河原とふたりのアルバイトの四人で会社を始動することになった。

最初はサブスクリプションのサービスからのスタートになるので、サイト作りや、SNSのインフルエンスに強い、香りと起業に興味のある女性たちを採用した。月野《つきの》恵《めぐみ》と南《みなみ》　涼香《すずか》、ふたりとも二十代だ。

いずれは正社員にするつもりでアルバイトからお願いすることにしたが、恵麻は絶対に簡単に手放すようなやり方はしたくなかった。河原だけでなく彼女たちの人生も恵麻は背負っているという気負いで取り組んだ。

その日は、『香水のサブスク』サービスの試験サイトが出来上がってくる日だった。

月野と南は自分たちがプロデュースした記事の内容やイラストを見てはしゃいでいた。

記事の内容は、恵麻が今まで弥生から教えてもらったことで感動したことを取り入れていった。

最初は初心者向けに香水の付け方を掲載した。弥生は恵麻に香水の上級者は香りを下半身につけるんだと言った。例えば、内腿に吹き付けたり、下着に吹き付けることも推奨していた。そうすると、立ち上がったり、ちょっとした身のこなしの時に、残り香がフワッと漂うのだ。もうひとつのオススメは、ティッシュに吹き付けたものをブラジャーの中に忍ばせるというものだった。これも上品にほのかに香る。つけているのか、その人自身の香りなのかわからない境目にあるのが香りの達人なのだろう。

そんな一般的には教えてくれない香りの極意を記事にした。こうしてさまざまな角度から香りに興味を惹きつけるような記事を連載することで、サイトへ集客し、そこから会員へ誘導する。またサイトのページビュー数で一般の人が香りへの関心の高い要素は何かを細かく分析することができた。ささやかなマーケティングと宣伝だったが、効果は高かった。

恵麻は会員数の推移グラフを見て興奮した。

「ねえ会員数、前月比四百パーセント突破したよ」

周りにいた河原、月野、南も思わず声をあげた。

「すごいですね、社長。やっぱり記事で集客する作戦は大成功でしたね」

月野は恵麻を尊敬しているという。歳はほとんど変わらなかったが、恵麻をずっと社長と呼び続けた。いっぽう、南は自由奔放な女性だったが、月野と同じくこの会社への情熱は強かった。

「ページビュー数やユーザーレビューでマーケティングまでできるなんて、これすごい営業ツールですよ」と自分たちの仕事にいつも誇りを持っていた。

恵麻は照れながら、「今どきどこもやってるって」と謙遜《けんそん》したが、同世代の女性が共感して高いモチベーションを持ってついてきてくれるのが嬉しかった。

河原は〈アロマタイズ〉を成功させるべく、日夜システム開発を続けていた。

会社が軌道に乗るまでは眠れない日々が続いた。営業や資金繰り、契約書作り、スケジュール管理、何から何まで自分で抱えて休みはなかった。

そんなある日、横山から連絡があった。

ちょうど大変な締め切りがひとつ片付いたばかりで、恵麻はこの偶然に心が躍った。

あれから二度ほど食事をしていた。そのたびに親しみは増していき、恵麻は横山を蓮という下の名前で呼ぶようになっていた。

仕事を猛スピードで片付けて、恵麻は蓮が指定した西麻布のバー〈ＡＬＭＯＮ〉へ駆けつけた。

蓮はカウンターでウィスキーをロックで飲んでいた。恵麻は蓮の隣に腰掛けて、オレンジブロッサムを注文した。

大きなガラス張りの店はネオンの光がほのかで美しく、暗い店内で、カウンターに置かれたオレンジのライトが蓮の瞳を柔らかく照らした。

「亡くなった父は中古車の販売をやっててね、現金商売のところがあるから資金繰りが大変で、途中で商売を閉じることになったんだ」

蓮は恵麻に心を開いたのか、自分の両親の話まで始めた。驚いたことに蓮と恵麻は似ていることが多かった。

「うちも商売を閉じたんです。それで父は東南アジアへ逃げてしまったらしくて」

蓮も驚いて恵麻を見つめた。

「母はそのあと、満足に仕事もできなくて」

「……君も大変な思いをしたんだね」

「母のようになるのが……ずっと怖かったんです。母が可哀そうで、父を許せなかった」

蓮は深く共感したように言った。

「僕も、ずっと父のようにだけはなりたくないって思ってた」

互いの似たような境遇が結びつきを強くしたのかもしれない。

恵麻は蓮をじっと見つめた。応えるように蓮は続けた。

「自分なら百倍うまく経営できるのにって。それを証明したくて経営者になったのかもしれない」

「……そうなんですね」

「でも今になって思うのは、会社を閉じるときの父は立派だった。社員全員集めて涙ながらに頭を下げて謝ったんだ。そのときは、死ぬほどかっこ悪いって思ったけどね」

恵麻には蓮の気持ちが痛いほどわかる。

不器用な親を持つと、かっこ悪いと思う反面、どこかで助けたいと胸が焦がれる。親子というのは不思議な関係だと改めて思う。

「……でも、誠実に生きるのは、なかなかできることじゃないんだ。……僕は、父より優れてる経営者と言えるかどうか」

蓮は何か大変ことを抱えているのかもしれない。経営に行き詰まっているのだろうか。あるいは社内的な問題を抱えているのか。

クールブランは急成長したベンチャーの中でも注目の優良企業だ。蓮は敏腕の若手経営者として業界では有名だった。

恵麻はそのことを伝えたかったが、どんな褒め言葉を口にしても、その他の誰もが口にする言葉と大差ない薄っぺらい言葉になりそうで、いちばん不格好な言葉を口にしていた。

「私は、蓮さんを前からずっと尊敬してます」

ストレートすぎる言葉だったが、恵麻にはそれしか言えなかった。

蓮は恵麻のあまりに直球の言葉に驚いた表情を浮かべた。

「あなたのおかげで私は自信を持つことができたんです。仕事を続けられたんです」

そのままだった。本当に恵麻はそう思っていた。心底、蓮だけが恵麻の救いだった。

こんな人にはもう出逢えないと思っていた。

酒のせいなのか、蓮の目には涙が滲んでいた。それを誤魔化すように蓮は指で拭った。

「僕は尊敬されるような人間じゃないよ」

蓮の気持ちが波のように空気を震わせて恵麻に伝わってきた。

恵麻はすぐそばにあった蓮の手に思わず自分の手を重ねていた。

蓮はびっくりしたように恵麻を見つめた。

その瞬間にわずかに残っていた取引先の社長と営業アシスタントという壁のようなものが、音を立てて砕け散ったかのようだった。

蓮は手を返して恵麻の手を強く握りしめていた。

恵麻の心臓は跳ね上がりそうになった。

ふたりは互いに目を合わせなかったが、握り締めあう手には力がこもった。

恵麻の心臓の鼓動はどんどん速くなった。あまりに激しすぎて蓮に聞こえているのではないかと心配になるほどだった。

「君と一緒に生きていけたら、どんなにかいいのに」

そう言って、蓮は恵麻を見つめた。

その瞳は涙の膜が張ったように濡れていた。

恵麻も蓮を見つめた。

もう蓮から目が離せなくなっていた。

そこから近いシティホテルの高層階にふたりは来ていた。

どちらからともなくキスをした。蓮の柔らかな唇が恵麻の唇を覆った。

蓮は優しく両手で恵麻の両頬を包み込んだ。

淡雪に触れるような蓮の仕草で恵麻を大切に思っていることが伝わってきた。

蓮は上着を脱ぎ捨て、恵麻の上着も優しく肩から下ろした。

蓮の首筋から金木犀の香りがした。

恵麻はその香りを思いきり吸い込んだ。

「金木犀……」と恵麻が呟くと、蓮は恵麻を切なげに見つめて、同じように恵麻の首筋の香りを嗅いだ。そこには〈ナンバー8〉の香りが漂っていたに違いない。

ふたりは真っ白いシーツの上に倒れ込んだ。

蓮は恵麻を愛しく見つめた。見たことのない蓮の顔だった。そして恵麻のシャツのボタンを順番に外していき、優しく脱がせた。

男の人のこんな顔を恵麻は初めて見た。

たまらなく愛しく思えた。

蓮は柔らかな恵麻の二の腕をまた淡雪に触れるかのように撫でると、今度は先ほどよりも少し力がこもったように恵麻に熱いキスをした。

そしてそのキスは首筋へと降りてゆき、蓮は自分の手を恵麻の手に絡めた。

その時、蓮の携帯電話が鳴った。

蓮は驚いた顔をしたが、再び恵麻を見つめて優しく抱き寄せた。恵麻の髪をかきあげて何とも言えない切なげな瞳で見つめた。携帯はしばらく鳴り続けた後、プツリと切れた。

蓮は少し安心したように再び恵麻に熱いキスをした。そしてキャミソールをたくしあげて胸元に舌を這わせた。恵麻は身をよじらせて熱い吐息を漏らした。互いの愛する気持ちが弾けそうになった瞬間、また携帯電話のバイブ音が鳴り響いた。

蓮はなぜか手を止めて固まっていた。その瞳は空洞のように見えた。

スイッチが止められたみたいに動かなくなっていた。

無機質な携帯のバイブ音はずいぶん長く感じた。

蓮は我に返った様子だったが、苦渋の表情を浮かべていた。

そして、何かを断ち切るように、それまで摑んでいた恵麻の身体を離した。

「ごめん」と蓮は呟いた。

「どうしたんですか？」

蓮は切れた携帯電話を手にして、かけてきた相手の表示を確認すると、また固まった。

蓮の苦しみが恵麻に伝わってきた。胸騒ぎがやまない。

「ほんとにごめん。仕事の急用なんだ」

「え……」

突然、蓮は立ち上がって服を整えて上着を羽織った。

そして、靴を履いてバッグを持って慌ただしく出て行こうとした。

恵麻はびっくりして、

「蓮さん！」と呼び止めた。

振り返った蓮はガラスのような瞳をしていたが、恵麻の悲しそうな顔を見て、蓮もひどく切ない泣きそうな表情に変わった。

「仕事、頑張って」と蓮は小さく言った。

そして大事なものを振り切るかのように、ホテルの部屋を足早に立ち去った。

「待って！」と恵麻は叫んだが、ドアはバタンと音を立てて、恵麻はひとり取り残された。

## 第5章
# アロマタイズ

あれから蓮とはずっと音信不通になっていた。恵麻は、あの時の出来事はいったい何だったんだろうとずっと考えていた。

あの電話は誰からだったのだろう？

ひょっとして……と恵麻は仕事中に手を止めることが多くなった。

頭をよぎるたびに、その「予感」は確信に変わっていった。

蓮には妻がいるのではないだろうか？　確か前に三十八歳と言っていた気がする。結婚していない方がおかしいぐらいの年齢だ。おまけにあの端正な顔立ちに上質なスーツ、優良企業の敏腕経営者、女性が放っておくはずがない。

上質なスーツは妻が用意していたものではないだろうか。

なぜ今まで気がつかなかったのか。恵麻のような平凡な女性が、蓮の特別な存在になれるなどとなぜ思ってしまったのだろうか。

　考えを巡らせれば巡らせるほど、他に理由は何もないように思えた。


　そんな恵麻の悲壮な気持ちとは裏腹に、〈アロマタイズ〉の開発は順調に進み、いよいよサービスを開始する日が訪れた。

　河原が使用している大型モニタの前に恵麻と月野と南が集まっていた。

　既にサイトはアップされていた。あと数分でサービスがスタートする。

　確認のために恵麻たちもお客さんと同じようにサイトから入店してみようとしていた。

　開始まで秒読み段階になり、恵麻と河原は目配せして、カウントダウンを始めた。

「５、４、３、２、１、０……！」

「仮想店舗、ついに開店！」

　開始時刻。〈アロマタイズ〉のサイトを立ち上げると「WELCOME TO AROMATIZE」と文字がひとつずつ打たれていって、ＡＩキャラクターの「魔女」が出現した。

　仮想店舗の来店カウンターはみるみるうちに増えていき、会員数も瞬く間に増えた。

　どこか魔女の香水屋に似ている店内に佇む魔女のキャラクターは、訪れる客にさまざまな質問を投げかけた。

『あなたの好きな香水は？』
『どんなふうになりたいの？』
『あなたの悩みを教えて』

それらの質問の答えは、無数の選択肢から複数選べるようになっていた。

客が選んだワードによって、好きな香りの属性が予想されてどんどん絞り込まれていく。途方もない確率から、たったひとつの処方箋が浮かび上がっていくのだ。

天才的なエンジニアの河原にしか作り得なかったＡＩシステムだった。

恵麻は今まで上司たちには恵まれなかったが、仲間や部下には恵まれた。恵麻の会社は素晴らしいメンバーの力で成長した。

ＡＩが導き出した処方箋がユーザーごとに診断結果として最後に表示された。

『冬の訪れを感じさせる雪化粧』
『大空に羽ばたく優美な翼』
『水平線にたなびく春霞』

などといった詩的なコピーとともに、トップ・ミドル・ラストのピラミッドの中に香料が書き込まれた図と、どんな香りなのかという解説が記された。

サービス開始の日から来訪者は殺到した。

際立ったテレビ広告や看板広告も打っていない。行ったのはＳＮＳによる拡散だった。口コミによってネット上で話題になった。

ユーチューバーたちもこぞって使用レポートをアップした。有名人の呟きも多数登場した。

『マジで凄い』『自分だけの香り発見』『仕事の効率アップ』『なりたい自分になれる香水』『世界で一つだけの香水』などネットの拡散は続いた。

さらには、〈アロマタイズ〉のサイトに登場する魔女のキャラクターが診断結果の解説中に動いている不思議な動きとポーズをループさせたものに音楽が付けられて、ＴｉｋＴｏｋにアップされたら一気に火がついて、たくさんの人がそれを真似して踊った動画をアップした。『香水ダンス』と呼ばれるようになった。

オフィスで注文を受ける月野と南のところへは注文が次から次へと舞い込んだ。

「やばくない？」

「ミラクル起きてる？」

予想以上の反響だった。

これを空前の大ヒットと呼ぶのだろうか。

恵麻の会社は一躍、時の存在となっていった。

恵麻の思わぬ大成功のいっぽうで、弥生は相変わらず香水屋の二階に閉じこもり、新しく取り寄せた香料で調香を続けていた。

その日の香料は、なぜ今までこれを試さなかったのか不思議に思えてくるほど、榊と考えた〈ナンバー9〉のイメージに限りなく近づいていると弥生は予感していた。

傍に置かれているのは、手書きのノートだ。

フランスで書かれた処方箋。

そこには榊とともにひとつひとつ考えた香料が書かれていた。

榊は音楽を作るように香りを作り出した。彼の考える香りには、すべて同じ意味を持った音楽が存在していた。しかしその楽譜はここにはない。

あるのは処方箋が書かれたこのノートだけだ。〈ナンバー9〉に入れる無数の香料がひとつひとつ書かれていて、その横に調香する割合が記されていた。

けれども、その香料の羅列は途中で終わっている。

完成していないのだ。

九十九パーセントまでの香料はふたりで決めたが、残りの一パーセントを何にするか決めないまま、香水作りは終わってしまった。弥生はまだその一パーセントの香りを探していた。あらゆる香料を試した。

この〈ナンバー9〉に自身が込めたメッセージと、榊と話しあった香りのイメージを遠い記憶から呼び覚ます。

今回取り寄せた香料には、群を抜いた確信があった。最後に込めた「永遠の愛」にふさわしい香料だ。すずらん。それはさまざまな香料会社で合成香料が開発されていたので、何度も試していた。

しかし、今日のすずらんは違う。遥か昔の時代のように、フランスのブローニュの森で採取したすずらんの花から天然香料の抽出を試みたものだった。

かつての液化ブタンガス抽出で花精油製造を試みたものとは違って、すずらんの清楚な本物の香りを再現できている香料だ。

まさにイメージ通りのものができるであろうと、弥生は確信に満ちていた。

無数の香料を小さなビーカーの中に処方箋通りにスポイトで落としてゆき、最後にすずらんの液体を落とした。

銀のマドラーでそれらをかき混ぜると、いよいよ完成の時がやってきたのかと弥生は期待に震えた。ムエットを取り出して、出来上がった香水に浸し、そっと香りを嗅いだ。

弥生は一点を見つめて、香りをじっと味わった。――だが、落胆した。

この香りも違っていた。弥生はため息を漏らして頭を抱えた。やはり〈ナンバー9〉はどうやっても完成しない。そして、ビーカーの中の液体を容器に移し替えて、サンプルの名前を走り書きした。

『No.9 sample No.357』

名前の書かれたシールを容器にそっと貼り付けて、弥生はそのサンプル瓶を悲しい瞳で見つめた。

そして、〈ナンバー9〉のサンプルが並ぶオルガン台の一角に並べた。

アロマタイズの勢いは失速することなく、どんどん広がっていき、海外からの問い合わせまでくるようになった。販路は拡大し、スタッフも大幅に増員した。会社の知名度や信用も上がっていったので、そのチャンスに若者ターゲットのルームフレグランスや香りに特徴がある化粧品の販売も仕掛けていった。

目まぐるしく働くことで頭から消去しようとしていたが、ふとした瞬間に恵麻はあのシティホテルでの夜の出来事を思い出してしまう。

蓮とはまだ連絡がつかなかった。

そんなある日、電話がかかってきた。

携帯の『横山蓮』の表示を見て、恵麻は鼓動が急速に速まるのを感じた。

周囲を見回して、慌ててラウンジに小走りで出て行き、通話ボタンを押した。

「もしもし？」

蓮は淡々とした口調で言った。

「この前は突然帰って申し訳なかったね」

「どうしたんですか？　あれから全然音信不通で」

「いや、仕事が忙しくてね。ほんとにごめん」

蓮は申し訳なさそうな声を出したが、どこか演技をしているようにも感じられた。

「やっと時間ができたから、逢ってくれないか？」

少し緊張が解けたようなその声に、懐かしさと愛しさがこみあげたが、いったいなぜ突然帰ったりしたのか？　という黒い霧のようなものは恵麻の頭から去らなかった。

奥さんがいるのだろうか？

そうでなくても何か隠していることは間違いない。


あの日待ち合わせした西麻布のバーへ恵麻は向かった。大きなガラスから見えるネオンは一層美しかった。

相変わらずウィスキーのロックを飲む蓮の表情からは本心を窺えない。

「実は……君に頼みたいことがあって」

恵麻は嫌な予感がした。

「打ち明けるかどうか、ずっと迷ってた」

「なんですか？」

「資金繰りがうまくいってないんだ」

恵麻は愕然としながら続きを待った。

「取引先の入金が滞ってて、運転資金が足りないんだ」

恵麻は息を呑んだ。

「できる範囲で構わない。少しでも貸してもらえないかな？」

恵麻は絶望して、悲しく蓮を見つめていた。自分には絶対そんな頼みごとをしないと考えていたのかもしれない。

いや、蓮に限ってはそんなことに悩まされたりしないのだと思い込んでいた。

蓮は苦渋を滲ませているようにも見えたが、プライドを保ちたいのか冷酷な印象にも受け取れた。

「こんなこと君に頼むのは筋違いだってわかってる。でももう君しか頼れる人がいないんだ。愚かな恥ずかしい奴だって思ってるだろう。でも仕方ないんだ」

蓮はまた恵麻に頭を下げた。

恵麻の悲しみは深くなり、一方でどこかで唖然《あぜん》としていた。今の今までずっと内緒にされていたのだ。どうして隠していたのか。

と、恵麻はこれも嘘かもしれないとも思った。

本当は奥さんがいて、恵麻との関係は過ちみたいなもので、それを早く忘れさせるために、こんなひどい話をわざとしたのか。いや、もしかしたら結婚詐欺まがいのことなんかも平気でできる男だったのだろうか。

考えがぐるぐると頭を駆け巡り、暗い気持ちになった。

恵麻はしばらく黙り込んだ後、深く頭を下げて「ごめんなさい」と絞り出すように呟いた。

蓮は目を見開いた。恵麻は目をぎゅっと閉じて、頭を深々と下げた。蓮は予想していなかった恵麻の行動に驚き、ショックを受けたようだった。

頭を下げたままの恵麻を、蓮は寂しそうに見つめた。

「そうだよね。君にこんなことを頼むなんてどうかしてたよ」

恵麻は蓮の本心が知りたかった。

同じ経営者なら、恵麻が抱えている苦労だって当然わかるはずだ。なぜ、蓮はひと回り以上歳下の恵麻にこんなとんでもないお願いをするのだろうか。よほどの状況なのだろうか。

恵麻は顔を上げて、震える声で言った。

「うちの会社……ようやく軌道に乗り始めたけど、まだまだ一日一日続けるのがやっとで。ろうそくの火がいつ消えてしまうんだろうってずっと心許なくて」

正直な気持ちを伝えた。

一瞬にして仕事を失ってしまうことだってある。今の業績が上向きだからと言って、ひとつ失敗すれば簡単に潰れてしまうのがビジネスの世界だ。

「アルバイトから社員にした子たちも含めて、彼らの人生も背負ってるんです」

恵麻は必死で訴えた。

蓮にわかって欲しかった。

「もちろん蓮さんの会社とは規模が違うってわかっています。でも命がけなのは同じです」

蓮は顔を手で覆い、バツが悪そうに言った。

「そうだね、悪かった。このことは忘れてくれ」

それが本心からなのか恵麻にはわからない。蓮は恵麻に甘えているのではないだろうか。

恵麻と蓮は家族どころか、まだ恋人ですらないのだ。なぜこの不確かな状況のまま、こんな図々しい頼みごとをしてくるんだろうか？

恵麻は思わず感情を昂《たかぶ》らせてしまった。

語気が強まり、声は上ずった。

「資金繰りをなんとかするのが経営者の仕事じゃないですか。そんなこと私に頼むなんて、なんかおかしいです」

蓮は絶望したような表情を浮かべた。

その表情を見て、初めて恵麻は、蓮が決死の思いで伝えていたことに気づいた。

蓮の表情はみるみるうちに暗くなり、瞳は光を失っていった。

恵麻は絶対に言ってはいけないことを口にしたような気がした。

今まで蓮と溶け合うように調和していた空気が一気に解離し、凍りつくような空気がふたりの間に流れていた。

蓮は、本当は家族にすがるように自分に頼んだのかもしれない。

奥さんなんかいなくて、蓮には親友も親戚もいなくて、とてつもなく孤独な人なのかもしれない。もしそうだったらと思うと、心が押し潰されそうだ。

恵麻は気づいたら、蓮の手に自分の震える手を重ねていた。

あの夜と同じだった。

そうすることで、シティホテルに行く前の時間へ戻れるような気がして、すがるような思いだった。

あの時、「君と一緒に生きていけたら、どんなにかいいのに」と蓮は恵麻に告げた。

「どんなにかいいのに」ということは今から考えたら、それは難しいという意味の裏返しだったのだろうか。恵麻はそのことも確かめたかった。

「私だって、あなたと一緒に生きたかった」

恵麻は、もう叶わないことのように口にした。

蓮は再び目を見開いた。

また泣きそうな切ない表情に変化した。その瞳には涙の膜が張られているように見えた。長い沈黙があった。

恵麻を見つめていた蓮は、今度はもう片方の手を恵麻の手の上に重ねた。いつもの蓮が戻ってきたようで少し安堵したのも束の間、蓮は恵麻を突き放すようにゆっくりとその手を押し戻した。

蓮は固く目を閉じていた。

「じゃあ」

断腸の思いが、空気の振動のように伝わってきた。

蓮はガラスのような冷たい眼差しを残して足早に立ち去った。

バーのドアが閉まる重い音がした。

残された恵麻は、何かとんでもないことをしてしまったようで涙がこぼれ落ちた。

後から後から止まらなかった。

恵麻はその場で声を上げて泣いていた。

その夜、恵麻は人生で初めて一睡もできない一晩をすごした。

目が冴えて、蓮のことが頭から離れなかった。

翌日から恵麻は仕事もなかなか手につかなくなってしまった。パソコンに向かいながらぼんやりとしてしまったり、ついつい携帯を見てしまう。蓮からは何も連絡がない。

　恵麻は思いきってメッセージを送った。

『昨日はごめんなさい』と。


　クリスマスが近づいていた。

　街にはイルミネーションが灯り、恋人たちの幸せそうな姿で溢れていた。

　遠くからクリスマスソングが微かに聞こえてくる。すれ違う恋人たちを見て恵麻は、どうして自分は幸せになれないのだろうかと悲しくなった。ただ人並みの幸せがあればいいだけなのに。

　でも恵麻にはそれすらも難しい。

　恵麻は再び携帯電話を取り出した。昼間に送ったメッセージはまだ既読にもなっていない。蓮は無視しているのだろうか。

　恵麻はしつこいと思われるのは嫌だなと思いながらも、再度メッセージを打ち込んだ。

『今度の月曜日、この前のバーで待ってます』

　その日はクリスマスイヴだ。来るわけないとわかっていた。

　それでもわずかな望みにかけて、送らずにいられなかった。

なぜそんなに彼を思ってしまうのだろうか。

よくわからない秘密を抱えた男を思い続けても、不幸になるだけではないだろうか。

でも、恵麻には蓮しか頭になかった。

恵麻は躊躇《ためら》いながら、送信ボタンを押した。


クリスマスイヴが訪れた。恵麻が頼んだカクテル〈ＸＹＺ〉は美しくもどかしく白濁し、一口飲むと酸味と甘味が口の中で溶け合った。

いつもジャズが流れている店内では、今夜はジャズアレンジしたクリスマスソングが流れていた。

カウンターには、若い恋人たちが並び、手を繋いで笑い声を絶やさなかった。

恵麻はカウンターの端の方にポツンと座っていた。待ち合わせの時間など決めていなかったがもう二十時になっていた。

悲しみがシャンパンの泡のようにふつふつと絶え間なく湧き上がってくる。

もう蓮には逢えないのだろうか。

数分おきに見ていた携帯電話をまた恵麻は見た。〝既読〟になっている。

恵麻は驚いて息を呑み、急いでメッセージを打ち込んだ。

『この前はごめんなさい。もう少し詳しく事情を聞かせてください』

恵麻はそう打ち込んだ後、しばらくそのメッセージを眺めて、デリートした。

そして——静かな決意を込めて新しい文字を打ち込んだ。

『あなたの本当を全部教えてください』


これでメッセージを送るのは最後になるかもしれない。

恵麻のことを少しでも思っていたら、蓮はどう返すだろうか。

もし返ってこなかったら、やはり蓮は恵麻を利用しようとしていたのだ。そう思ってもう諦めようと、恵麻は、ふんぎりをつけようとしていた。

恵麻は思いきるように息を吸い込んで目をつむり、震える手で送信ボタンを押した。


三時間以上が経った。

灯りは消え、カウンターに並ぶ恋人たちは、とっくに店を出ていた。

もう残っているのは恵麻だけだった。

恵麻は放心していた。この三時間、ずっと蓮のことばかり考えていた。

何が間違ってしまったのだろう。あれから携帯のメッセージは〝既読〟にならなかった。

短いメッセージだったから読んでいたのかもしれないが。

でも、どちらにしてもクリスマスイヴに連絡を取れないということは、他の女性がいるに違いなかった。

答えはもう出ていたのに、恵麻はずっとぐるぐると蓮のことばかり考えていた。

心が押し潰されそうだった。

「お客様、申し訳ございませんが閉店になります」

店員に促され、恵麻は店を出た。

その晩も恵麻は一睡もできなかった。目は開けっぱなしで充血し、天井をただ凝視していた。

朝日が差し込んで、恵麻の真っ白い顔を照らし出した時、携帯電話が鳴った。

恵麻はノロノロと身体を起こして携帯電話を手にした。知らない番号からだった。

「もしもし」

「神宮前警察ですが、若林恵麻さんの携帯電話でよろしいでしょうか？」

一気に血の気が引いた。

「……はい」

その次に恵麻の耳に飛び込んできた言葉で、真っ白になった。

周囲の音は消えて、視界が歪んだ。

息は止まりかけて、世界は真っ逆さまにひっくり返りそうだった。


白い布がかけられていた。

恵麻は初めてそういう光景を見た。

無機質で狭い空間だった。

そこに、蓮は、横たわっていた。


そばにいた警察官が、白い布をとって見せた。

蓮の顔が現れた。人の魂が消えたばかりの顔を見たのも初めてだった。

そこだけ時間が止まったかのように微動だにしない姿と、青白い顔で生きていないことがすぐにわかった。

「大型トラックとの衝突事故です」

恵麻は声も出なかった。どうやって言葉を発するのかさえわからなくなってしまうほどの衝撃だった。

「携帯電話の最後の記録は、あなたでした」

昨日のメッセージが最後だったということだろうか。

「これは横山さんが所持していたものです」

警察官は、ジップがついたビニール袋に入った四角い箱と、白い封筒を恵麻に渡した。

恵麻は何も考えられなかったが、促されるまま、その袋を開けて、白い封筒を取り出した。封筒の中には、恵麻宛ての手紙が入っていた。

震える手でそれを開くと、そこには短い文章が綴られていた。

『君に本当のことを言おうかずっと悩んでいた。

僕は父なんかとは比べものにならないぐらい経営の落後者なんだ。

君が楠香料を辞めた後、ブランは傾き始めて、多額の借金を抱えている』

本当だったのか、と恵麻は愕然とした。自分が彼を信じられなかっただけなのだ。

『父が残した借金も返済し続けてるから、あわせると驚くような金額だよ。

一日一日を生き延びるので精一杯だった。そんなある日、君と再会したんだ』

恵麻は蓮と定食屋で再会したときのことを思い出した。

あの時、どこか翳りがあった。

髪は乱れ、無精髭を生やしていた。

そのころからきっと追い詰められていたのだ。

でもその時、恵麻は蓮のことを本当には考えていなかったのだ。ただ、蓮を好きだったというだけだ。

恋の高揚感に心を躍らせていた。自分は、いかに無神経な人間だったかを痛感した。

『どん底で何を夢見てるんだと、何度も自問自答した。

結婚なんか考えてはいけない人間なんだ、僕は』

蓮は自分と結婚したかったのか。そうだったのか。そう思った瞬間、恵麻の目から涙が溢れ出した。

『でも、僕は君と生きていきたい』

恵麻は号泣していた。

ビニールから四角い箱を取り出して、泣きながらその箱を開けると、中から小さな指輪が出てきた。婚約指輪のデザインではない。

アンティーク調で、いくつかの石が散りばめられた上品で遊び心のある指輪だった。

一万円もしないかもしれない。

しかし、それはどの指輪よりも美しかった。

『この指輪はジョークみたいな安物だけど、いつか君と本当に一生をともにできたら。
そんな願いをこめて』

蓮の手紙はここで終わっていた。

――私だって、あなたと一緒に生きたかった。

蓮はあの時の返答をしようとしたのかもしれない。

——あなたの本当を全部教えてください。

これが彼の真実なのだ。

何も嘘はなかった。

蓮は紛れもなく恵麻を愛していた。

彼はあのあと、前向きにふたりの関係を考えようとしていたのだ。

恵麻は蓮にしがみついて泣き叫んだ。

気が狂いそうだった。

彼はただ苦しんでいたのだ。

見えない壁が恵麻を囲み、海の中に沈んでいくように息ができなくなり、暗闇のなかで喘いだ。水面に上がりたくて必死でもがいたが、恵麻は、そのまま床に崩れ落ちて慟哭していた。

冬の匂いがした。子どもの頃、クリスマスには暖房の前で背中を丸めて、もみの木の形や星の形のクッキーを頬張った。

身も心も温まり、幸せというものは目に見えないけど存在しているんだと子ども心に思った。温かさを得ることを恵麻は怖がった。嫌っていた。

幸せなど簡単に失われることを知っていたので、温かみに慣れてしまわないよう気をつけなければいけないと、どこかで自分を律していた。

外は寒かった。けれど、あの狭い空間にいた時よりもだいぶ気持ちはましになった。それでも悲しみの波は後から後から押し寄せる。やっぱり自分は一生幸せになれない運命なのだと理解した。

あてどもなく歩き、それでも誰かにすがりたくなって、魔女の店までやってきた。店に入ると、凍りそうだった肌が温かさでほぐれていった。弥生は泣き腫らした恵麻にホットチョコレートを差し出したが、喉を通らなかった。

恵麻は、ゆっくりとその日にあった出来事を弥生に打ち明けた。

「……そう」

弥生はひとこと、そう言った。

蓮は、この店の常連客でもあったのだ。弥生にとっても衝撃の出来事に違いなかった。

恵麻はずっと放心したまま店の角に置かれた椅子にぐったりと腰掛けていた。

「……生まれて初めて……心の底から人を好きになったんです」

弥生は黙って聞いていた。

「気がおかしくなりそうなんです。息もできなくて」

狭いところに閉じ込められて、錯乱する一歩手前の境界にいるような感覚だった。

悲しみが重くのしかかり、呼吸ができない。

弥生の瞳も悲しみを湛えていたが、静かに立ち上がって、またカウンターの奥から香水を取り出した。

恵麻の前に戻ってきた弥生は、見たこともない香水瓶を取り出した。金属の周りに光る石がちりばめられた珍しい半円型の香水瓶だった。

弥生はゆっくりとその蓋を開けて、恵麻の前に差し出し、そのままひっくり返した。

中身がこぼれると思い、恵麻は声を上げそうになったが、中身は空だった。

「この香水は完成していないの」

恵麻は驚いて弥生を見上げた。

弥生は見たこともない表情を浮かべていた。

仮面を全部とりさった、素の顔だった。

「――もう遥か昔の話よ」

弥生は遠い記憶の糸を手繰り寄せるように、ゆっくりと話し始めた。

誰にも話すつもりのなかった話だ。

でも、弥生は悲しみに沈む恵麻に、この話をしようと思った。

こんな昔話をして恵麻の悲しみをすべて洗い流せるわけではないことはわかっている。

でも、弥生は伝えたかった。

今の恵麻にしか伝えられないメッセージだと弥生は思った。

「フランスで日本人の調香師に出逢ったの」

まだ若かった頃、南フランスのグラースを弥生は訪れた。

日本で香水の小売り業で成功したその先の夢は、自分が生み出したオリジナル香水を作ることだった。

自分の人生から生まれた言葉を届けられるような香りにしたかった。しかし、弥生の独特の香りのイメージを表現できる調香師は日本にはいなかった。芸術的な香りを作る人でなければ弥生の期待に応えることはできないのだ。

ある時、弥生はグラースで活躍している男性の日本人調香師がいるという噂を聞いた。その人なら作れるかもしれないと、弥生は期待に胸を膨らませて、グラースの彼のアトリエを訪れた。

真っ白な外壁に大きな窓が並んでいた。ドアは開かれていて、誰でも受け入れてくれるような空間になっていた。

その中で、大きなグランドピアノが黒く艶やかに光っていた。

アトリエの奥に、調香のオルガン台が置かれていて、線が細く繊細そうな男が調香していた。髪の毛がふわふわと柔らかく、優しいベージュの綿のシャツを纏ったその背中を見ると安心感が広がった。

男は、不思議な雰囲気を漂わせていた。

弥生が後ろから近づいていくと、ちょうど男は何かを取りに立ち上がって、目があった。

立ち上がった男は思いのほか、背が高かった。

弥生は男の顔を見た時に、この人なら作れるかもしれないと、なぜか直感した。

いっぽう、男の方は弥生を凝視して動けずにいた。どこか間の抜けたところのある男だった。しかし佇まいは清潔感のある涼しげな色気と上品な立ち姿で、眼差しにはどこか懐かしさがあった。

陽の光が差し込むと、男の茶色の瞳が鳶色の宝石のように光った。それは弥生と同じ瞳だった。男は榊という名だった。

弥生は榊のサンプルをいくつか試香させてもらえることになり、やはりこの人に自分の香りを作ってもらいたい、と確信した。

その後まもなく、弥生と榊の香り作りが始まった。

弥生の香りの計画は全部で九つあった。

〝祈り〟という意味のプリエールという言葉を用いて、ブランド名は『Parfum《パッファン》 de《ド》 prieres《プリエール》』にした。

――一つ目の香水は〈Plaisir《プレジール》〉。なにごとも楽しむ。

トップ、ミドル、ラスト、とドラマティックなストーリーを作った。

それは弥生の祈りだった。

弥生と榊は何度も試作品を作って話しあった。

「どんな人につけてもらいたいの？」

榊は芸術家だったが、つける人の気持ちをいつも考えていた。その感覚や感情を自分の感性と一体化させて作りたがった。

そこから香りの処方箋とともに、音楽も生み出した。榊は香りだけでなく音も奏でることができた。

「〈ナンバー1〉の香水は、絶望したり苦しい状況にいる人が癒されて、立ち直るところから始めたいの」

榊は弥生の考える世界が好きだと言ってくれた。

「君の紡ぐ物語からは勇気をもらえるね。――君は、香りで人を幸せにする魔法をかけることができる」

そう榊が口にした時、弥生は自分がそんな大そうな人間だとは思えなかったが、榊がそんなふうに思ってくれるなら、本当に、人を幸せにする魔法をかけられる人になりたいと心の底から祈った。

その時から、弥生は〝人を幸せにする魔女〟になったのだ。

弥生が榊に微笑むと、榊は恥ずかしそうに笑った。ふたりは心の底から惹かれあっていた。お互いに、繊細な言葉や物語を共有できる唯一の相手だと気づいていた。榊がピアノを奏でる時は、寄り添うようにそばに佇んだ。もうこんな人に出会うことは二度とないのだと思った。

弥生は榊と人生をともに歩みたいと願った。

やがて、ふたりは深く愛しあうようになり、愛が深まるたびに、〈プリエール〉がひとつひとつ誕生した。

——二つめの香水は〈Présage《プレサージュ》〉。相手の心を想像する。

——三つめの香水は〈Vigueur《ヴィゲウール》 éternelle《エテルネル》〉。無限の力。

——四つめの香水は〈L’école《レコレ》 de《ド》 Cupidon《キュピドン》〉。恋愛は学び。

——五つめの香水は〈Légende《レジェンド》〉。伝説を作れ。

——六つめの香水は〈Conquête《コンケット》〉。時代に革命を。

——七つめの香水は〈Fortune《フォーチュン》〉。目先の利益より未来の財産。

——八つめの香水は〈Chance《シャーンス》〉。ピンチはチャンス。

そして、最後の〈ナンバー9〉に弥生はとっておきの祈りを込めた。

——それは榊への愛だった。

〈A tout jamais pour les êtres chers《アテュジャメポルレエトロシェール》〉。愛する人のために。

弥生の話は九つめの香水の話にさしかかった。

「ところが、最後の〈ナンバー9〉が出来上がる前に、彼には他に愛する人ができたの」

ようやく悲しみが落ち着き、弥生の話を集中して聞けそうになった時に、突然の展開に恵麻は愕然とした。

「彼女は彼の子どもを身籠っていた」

恵麻は呆然と弥生を見つめた。

弥生にそんな過去があったとは信じ難いことだった。

「彼は自然と、命の煌めきを何よりも愛していたの。だから、彼と生きる未来を想像していたけれども、こう言った。彼女と結婚して、その子どもを産んで育ててって。それが彼の幸せだと信じたの」

恵麻は信じられなかった。浮気した相手に自分が愛する人を差し出すなんてことがあるのだろうか。

けれど、自分の幸せよりも子どもの命を大切に考えた弥生は、やっぱり恵麻の知っている弥生で、なんて潔い人なんだと、また胸が掻きむしられるような思いがした。

弥生は立ち上がり、カウンターの方へ歩いていって、恵麻に背を向けた。

「彼を憎んだこともあった。彼の愛する人たちを憎んだことも。私の選択は間違っていたんじゃないかって思ったことも……」

恵麻には弥生の悲しみと孤独が伝わってきた。弥生はまだその迷宮から抜け出せていないようにすら見えた。

カウンターにはすべて形の違う八つの香水瓶が置かれていた。

これも榊と作り上げたものだったのかと、改めて恵麻は眺めた。

「今でもね、想像することがある。彼と命を育《はぐく》み、家族を作っていたら、私の人生はどうだったんだろうと」

恵麻は、自分の心境や、もしかしたら未来とリンクしているようにも感じた。

愛する人の幸せを願うことと、自分の人生の幸せを実現することがイコールだったならば、その人の人生は最高に幸せだと思う。

けれども、それらが違う方向をむいていたら、必ず人生の選択が訪れる。

弥生は、恵麻を真っ直ぐに見た。

その瞳は穏やかな愛に満ちていた。人生の荒波を乗り越え、悲しみと裏切りと無数の傷をすべて優しく包み込み、洗い流してきた澄んだ瞳だった。

「恵麻——あなたは、彼を愛して生きていけばいいのよ。私がそうしてきたように」

愛する人に逢いたい、愛する人から愛されたいというのは自分自身の幸せでしかないということに今ようやく気づかされた。

蓮の幸せが何だったのか、それを考えるべきだったのだ。

そう思うとまた涙が溢れてきた。でも今の自分にできることは、彼を想うことだ。彼を愛し続けることだ。

弥生は奥底から絞り出すような声で話した。

「たとえ逢えなくたって、傷ついたり苦しんだりしても。その愛はきっと、時間も空間も超えて、彼のもとへ届くわ」

弥生がそう言うと本当にそうなる気がした。

蓮を愛し続ければ、次元を超えていつか届くのかもしれない。

香りが時も空間も超えるように――。

弥生は恵麻のもとへもう一度歩いてきて膝をついた。

「今まで恵麻にあげた香水が、彼と作ってきた香水だったの」

そして〈ナンバー９〉を見つめた。

「これは空っぽだけど、私には彼が見える」

そう呟き、恵麻の手にその瓶を握らせた。

「愛する人のために。いつもすぐそばにあり続ける」

それが〈ナンバー９〉に込められたメッセージだった。

〈A《ア》 tout《テュ》 jamais《ジャメ》 pour《ポル》 les《レ》 êtres《エトロ》 chers《シェール》〉。愛する人のために――。


恵麻の涙は温かいものに変わった。

その夜、恵麻は自分の部屋で蓮が恵麻に贈るはずだった指輪を見つめていた。

蓮は自分をずっと想い続けていたことを実感した。

愛しくてたまらないと思ったときには、もう彼に触れることもできない。まるで幻のようだ。なんて残酷で不条理な運命なのだろう。

この素朴な指輪が、蓮と恵麻の、不器用で、もはや誰にもうまく説明することができない関係を象徴していた。

魔女はオルガン台の傍にある飾り棚の前で佇んでいた。

その棚には〈ナンバー9〉の無数のサンプル瓶が並んでいる。

最後の一パーセントが見つからないのは、永遠の愛が存在していたはずの榊の心の中がわからないからだ。

それは死ぬまでわからないのかもしれない。

# 第6章　最後の一音

蓮が亡くなってから一年近い月日が流れた。

また秋が訪れて金木犀が香り、冬へとさしかかった。金木犀の香りがすると、恵麻は蓮を思い出した。胸の痛みとともに、愛した記憶と蓮の眼差しが蘇った。

けれど思い出は時が経てば経つほど、美しくなり、悲しみは徐々に洗い流されていく。

〈アロマタイズ〉は海外からの人気も集めて恵麻の会社は順調に拡大していた。

ある日、ネットに楠香料のニュースが出た。

『不正、パワハラ　楠香料腐った組織』

『長年にわたる香料不正検査で社長辞任』

『パワハラ・長時間労働で過労死』

『見てみないふりをする企業風土』

などという見出しが踊っていた。

古い体質を変えられないままだと、もう今の時代は通用しないということかと、妙に納得した。

かつて楠香料が社会のすべてのように感じて、絶望したあの頃と比べると、今の恵麻の世界は十倍どころではないぐらい広がった。

弥生が言う通りだ。社会が変わらないなら、自分が変われば良いのだ。

河原は恵麻にタブレットを見せながら言った。

「あの会社、辞めて正解だったよ」

河原もまた自分を変えたひとりだ。彼は恵麻よりも何倍も優秀なエリートだが、大企業でチヤホヤされて生きることに満足しなかった。恵麻のように翼を生やし、自分の可能性を試したいと羽ばたいたのだ。

そして河原にしかできないシステムを開発し、今や莫大な利益を生み出す仕事をしている。

恵麻と河原が話しているなか、近くの電話が鳴った。

「社長、高渕さんという方からお電話です」

「高渕さん？」

恵麻は、思わず河原を見た。

もしかしたら、楠香料で恵麻に唯一救いの手を差し伸べてくれた、あの高渕さん――？

オフィスをでたのは十九時すぎだった。

吉祥寺にある宮殿のようなティーハウス〈ムレスナティー〉を高渕さんは指定した。

上品で落ち着く店内には紅茶の香りが漂う。

そこへ高渕霧子がロイヤルブルーのロングコートを着て現れた。螺旋階段を上がってくる高渕は颯爽としていた。

目の覚めるような青を見て、ずいぶん長い間、彼女と会っていないんだと恵麻は思った。高渕は何かを振り切ったような強さと、美しさをみなぎらせていて、あの頃とは別人のように華やかだった。

立ち上がった恵麻の顔を見た瞬間、高渕はとても懐かしい旧友に会ったかのように微笑んだ。

恵麻と高渕は白桃の香りが漂う琥珀色の紅茶の香りを楽しみ、一口飲んで笑顔になった。

それから、高渕は真面目な顔になって話を切り出した。

「楠香料の記事は見た？」

「――はい」

「実はね、私が暴露したの」

「えっ……」

「うちの会社、女性活躍とかなんとかって言って、組織としては歪んでたと思わない？」

と、高渕は恵麻の顔を覗き込み、いたずらっぽく笑った。

「……ええ、そうかもしれません」

「私は、どこまでいってもサポート役。同じ会社で同じように結果をだしたって夫はエース。私は家でも会社でも実際のところお守り役だった」

実感のこもった言葉だった。

「そんな」と恵麻は苦笑した。

恵麻が楠香料にいた頃の高渕は、毎日、紺やグレーの、まるで自分自身に呪縛をかけてしまっているかのような慎ましい淑女の装いだった。

とても優秀なのに、男性社員を必ず立てている姿が蘇った。

いつも高渕は仕事に、家庭に、さまざまなことに細やかに気を配って抑制していたのではないだろうか。

しかし、今目の前にいる高渕は、鮮やかな色が映える大輪の華のように恵麻には見えた。

高渕は、バッグから香水瓶を取り出した。飛行機のプロペラをイメージする特徴的な瓶で、恵麻にはその香水が何かすぐにわかった。

「ゲランの〈夜間飛行〉……」

「ええ。これは私の大好きな香水なの。私もね、香りの力を頼って、勇気を出してみたのよ」

恵麻は嬉しくなった。〈夜間飛行〉は、命がけで夜空を飛ぶ女性飛行士の美しい魂のような香りだ――。

「素敵ですね。リスクを恐れない大胆な女性にふさわしい香り。まさに今の霧子さんですね」

「それでね。先月、私も独立したの」

「本当に⁉」

「私が紹介した社員調香師の原田真澄、覚えてる？」

恵麻は一緒に香りを作る冒険をした彼女のことを思い出した。

「もちろんです」

高渕は声を弾ませた。

「彼女とふたりで調香のアトリエを作ったの。日本人でも馴染みやすい香水の開発をしたいと思ってね」

高渕は、恵麻の活躍を知って自分も背中を押されたと言った。そして身を乗り出し、目を輝かせて恵麻に伝えたのだった。

「私ね、いつかあなたと一緒に新しい商品を開発してみたいと思ってるの」

恵麻は思わぬ言葉に驚いた。

雲の上のような存在の人が自分の目線まで降りてきてくれたかのようで不思議だった。恵麻に可能性を感じてくれていたことも嬉しかったが、同じ商品を開発するような土俵に上がれるところに来たのだと思うと、本当に何もかもが変わったのだと感じた。

自分自身を変えたと言っても、香りを純粋に好きな恵麻の根幹にあるものは何も変わっていなかった。

そして、社会は変わらないと思っていたけれど、恵麻を取り巻く社会は目まぐるしいスピードで変わっていく。

恵麻は感動して高渕を見つめた。

周囲が恵麻をどう見ていようと、高渕が恵麻の本質を昔から見つめてくれていたのは、言葉で説明されなくてもわかっていた。

恵麻は、今度は自分がこの人の役に立てるような存在になりたいと強く願った。

高渕に会って、恵麻は新しい目標を見つけることができた。これからはお世話になった人に恩返しができるようにしていきたい。

そう思った時に、真っ先に頭に浮かんだのはもちろん弥生の姿だった。

ここしばらく仕事が忙しくて弥生の店にはなかなか足を運べなかったが、久しぶりに逢いたくなった。

今となれば、弥生がかつてなぜ〈プリエール〉の発売を拒否したのかも理解できる。榊との大切な、しかも未完の香水を売り物にしたくないのは当然だ。

しかし今の恵麻だったらもっと本当の意味で弥生の力になることはできないだろうか。

やはり、それはおこがましい申し出だろうか？

そんなことをぐるぐると考えながら、弥生の店の前までやってきた。

突然、店のドアが開いて恵麻の目の前に杉斗が飛び出してきた。

「どうしたの？」

「魔女さん、体調がよくないみたいで、朝から何も食べてないんだ。何か買ってくる」

いつも悠長な杉斗が珍しく慌てていた。

恵麻は急に嫌な予感がしてきた。

幸せはいつも簡単に失われることを知っていた。父も、母も、蓮も――。恵麻の前から姿を消した。

このうえ弥生まで失ったら、恵麻は何を拠りどころにして生きていけばいいのだろうか？

恵麻は急いで店に駆け込んだ。店内は誰も見当たらず、恵麻は階段へ向かった。二階へ上がるのはもう何年ぶりだろう。お手伝いをしていた時以来だ。

ギシギシと床が軋《きし》む木の階段を上がって真っ白い壁に囲まれた二階へ出た。

もう陽が落ちかけていたが、柔らかい光に包まれた白く幻想的な空間が飛び込んできて異世界に迷い込んだような気分になる。

弥生はフロアの角に置かれたアンティーク調の深い赤のビロードのソファに横たわっていた。顔色が沈んでいて、衰弱しているのが見てすぐにわかった。

「弥生さん！」恵麻は、弥生に駆け寄った。

「どうしたんですか？」

「少し休んでればよくなるから」

弥生はなんでもないふりをしようとして起き上がったが、思うように力が入らないのがわかった。しばらく会っていないうちに、歳を取ったような気がした。

やはり体力は年齢とともに落ちていくのかもしれない。

「楽にしててください。ショールはどこですか？」

「大丈夫よ。気にしないで」

恵麻があたりを見回すと、あの時に「立ち入り禁止」と言われて、恵麻を遮った白いジョーゼットのカーテンが開いているのが見えた。

調香のオルガン台の上にはサンプルが並んでいた。

〈プリエール〉の試作品だろうか？

オルガン台はなぜかあの時よりもずっと小さく古ぼけて見えた。

視線をずらすと、床に〈ナンバー９〉が落ちているのが見えた。椅子の上にかかっていたショールもずり落ちそうだ。弥生はまだ〈ナンバー９〉の試作品を作っていたのだろうか？

未完の〈ナンバー９〉を作ろうとする弥生の気持ちを思うと、恵麻は胸が締めつけられた。

恵麻は思わずオルガン台の前まできていた。そして、床に転がっていた〈ナンバー9〉の瓶を拾い上げて見つめた。

オルガン台の傍に置かれた木製の小さなテーブルには、フランス語で綴られたボロボロの処方箋が置かれていた。榊と作り上げたものだろうか？

タイトルには〝№9〟と記されている。そこにずらりと並ぶフランス語で書かれた香料は、途中で終わっていた。

最後の香料の横に〝99％〟という走り書きがされている。

恵麻はその文字をじっと見つめた。

弥生のそばに戻ってきた恵麻は、手にしていたショールを弥生の上からふわりとかけた。

「ありがとう」

「今、温かい飲み物を淹れてきますね」

「もう大丈夫だから」

「でも」

弥生はふっと笑って気丈《きじょう》に振る舞った。

「心配しないで。ちょっと体調を崩しちゃっただけよ。歳には勝てないわね。でももう大丈夫。だいぶよくなったから」

弥生は、今度こそ上半身をしっかり起こして、いつもの調子で話し始めた。

「また何か頼みごと？」

恵麻は図星を指されたように恥ずかしそうにした。

「どうしてわかったんですか」

「何でもお見通しよ。言ってみなさい」

弥生は海のように深い眼差しで優しく微笑んだ。なぜこんな眼差しができるのか、今の恵麻にはよくわかった。

人に裏切られても差し出すのが弥生なのだ。きっと、何があっても人を恨んだり、怒りをぶつけたりはしないのだろう。

恵麻は躊躇ったが、図々しい頼みごとだと言われることを覚悟で弥生に話した。

「あの、弥生さんの大切な香水、〈プリエール〉を……一緒に作りませんか？　〈ナンバー9〉も」

弥生は思いのほか驚いていた。

けれど、拒絶の空気は感じなかった。

「私は、人を本当に幸せにする香りを作りたいんです。弥生さんの探し続けた答を、私も一緒に見つけたい」

弥生は寂しげに、視線を落としてじっと一点を見つめていた。

「……気持ちは嬉しいけど、〈ナンバー9〉を完成させるのは無理なの」

弥生は神妙な顔で恵麻を見つめていた。

「〈ナンバー9〉の処方箋は九十九パーセントまで完成したけど、残りの一パーセントがないの」

「たったの一パーセント――」

弥生が榊を失ってから、いったいどれほどの月日が経ったのだろうか。その間、ひとつの香水の調香のたった一パーセントを探し続ける人間がこの世のどこにいるだろうか。

「その残りの香料が何なのか、ずっと探し続けたけど、どれも私にはしっくりこなかった」

途方もない時間と弥生の計り知れない想いに目眩を起こしそうになる。弥生の言う時間も空間も超えた愛が、暗闇の中のたった一粒のダイヤのように眩い光を放っていた。

「見つからないのは、私と榊の気持ちがもう通いあっていないからなのだと思う」

しかし弥生の悲しみは、やはり果てしなく続くものなのだ。

「弥生さんが思う香料を入れれば完成すると私は思います」

弥生は首を振った。

「もう終わったことよ。忘れなさい」

「……」

「恵麻は、恵麻の新しい道を生きなさい」

弥生は恵麻が自分に固執して、前に進めなくなることを心配しているのだろう。

「お願いします。弥生さんが持っているプリエールの処方箋を私に教えてもらえませんか？　蓮さんのためにも作りたいんです」

恵麻にとっても弥生だけが心の支えなのだ。

「やってみたいんです。だめなら諦めもつきます。私に挑戦させてください」

恵麻がさらに深く頭を下げた時、紙袋を抱えた杉斗が顔を出した。

床の軋みで恵麻が振り向くと、杉斗は複雑な表情をしてそこに立ち尽くしていた。

弥生は「お帰りなさい。早かったのね」と微笑んだ。

杉斗は覚悟を決めたように緊張した面持ちで何歩か歩み出て、あの不思議な小さな瓶が付いているペンダントを首から外した。

「これ」

その小さな瓶には、透明な液体が入っていた。

「これは、父から預かったものなんです」

何を言われているのかわからなかった。

杉斗はペンダントを持ったまま、弥生の前に歩いてきてしゃがみ込んだ。

「子どもの頃、あなたの話を聞きました」

弥生は目を大きく見開いた。

予感が湧き上がった。そしてその予感は、じわじわと広がりだし、確信へと変わり始めた。

「昔、母と出会う前に、とても尊敬して愛していた人がいたと——。この香りは、その人と作ったもうひとりの子どものようなものだと」

弥生は息を呑んだ。

「父も母も早くに亡くなり、俺は日本にきたんです。父がいつも懐かしんでいた香りを一緒に作っていた人はどんな人だろうって、この街で働くようになりました」

杉斗は幼い頃、父から一枚の写真を渡されたと話した。

「その写真に写っていたひとりの女性は、赤いワンピースを着ていたんです」

弥生はじっとその言葉を聞いた。

「父はこう言いました。この香水は、その人の人生から生まれたんだと。そして、九つの香水の香りと、そこに込めたメッセージを教えてくれました」

杉斗は、父と離れ離れになってしまったその赤いワンピースの女性のことが頭から離れなかったと言った。

「いつか日本に行ったら、その人がどんなふうに過ごしているのか必ず見に行こうと思ってました」

弥生は呆然としていた。

「――それが、あなたでした」

「……」

「あなたと出会った十年前、ずっと逢ってみたかった人に逢えて、感動しました。……だけど、父の息子だとあなたに打ち明けることができなかった」

自分の命を生かすがために、父親と悲しい別れ方をした弥生に何も言えなかったのだ。

弥生は声を震わせた。

「あなたが、榊の……」

杉斗はずっと口にしたくてもできなかったことを、ようやく伝えることができたのだろう、涙がこみあげていた。

「はい」

本来、杉斗は弥生にとって憎むべき相手かもしれなかった。

しかし、弥生の話を偶然立ち聞きしたことで、弥生は父親を憎んでいないこと——いやむしろ、果てしない時を超えて今なお父親を愛していることを、杉斗は確信したのだろう。

弥生は杉斗に触れた。

「……そんなことが」

そして何も言わず杉斗を抱きしめた。

杉斗は感動に震えていた。

「あの人はもういないのね」

と弥生は静かに聞いた。

杉斗は小さく頷いた。そして「僕がいます」と呟いてペンダントを弥生に渡した。

「その香りを確かめてください。あなたなら最後の香料がなんだったのか、わかるかもしれない」

弥生は驚いてペンダントについた小さい瓶の中に入った透明の液体を見つめた。

恵麻も驚いた。

「〈ナンバー9〉は完成していた——!?」

弥生は震える手で、透明な瓶の蓋を開けた。

そしてゆっくりと顔に近づけた。

香りが弥生の鼻をかすめたその瞬間――。

まるで時間が巻き戻るように遠い遠い記憶の彼方にあった、グラースの景色や音が洪水のように蘇ってきた。

ふたつのムエットの片方を弥生に渡す榊の手。

香りを確かめあう幸せなふたりの後ろ姿が浮かび上がった。

プリエールのピアノの旋律が流れるように弾かれていく鍵盤。榊の美しい指。

榊の横に寄り添う弥生。榊が楽譜を書き留めていく。

冬の寒い日、身体の芯まで温まるホットチョコレートを飲んだ時のふたりの姿。

テーブルの上で、ふたつのカップに入っているホットチョコレートの湯気が幸せそうに広がる。

弥生は記憶の遥か先の一点を見つめているかのようだ。

「――チョコレート」と声を漏らした。

杉斗はハッとした様子で声をあげた。

「そうか、あなたの大好きな」

杉斗も恵麻も落ち込んだ時にいつも弥生のホットチョコレートで心温まったのだ。

「それが……最後の香料ですか？」

と恵麻も驚きの声をあげた。

弥生は放心していた。

「――カカオ、だったのね……」

しかし、まだ弥生は半信半疑の様子だ。

カカオの香りは確かにしたが、何かが足りないと。

杉斗はそれから、自分の財布をポケットから出して、そこから小さく折り畳んだボロボロの紙を大事そうに取り出した。

広げると手書きの楽譜だった。

タイトルにはこう書かれていた。

『Parfum de prières À tout jamais pour les êtres chers n°9』

「父の楽譜です」

弥生は震える手でそれを手にした。

「最後はふたつの音符が並んでるんです。この一音が……カカオだとしたら」

「もう一音は……」

弥生はもう一度、小さな瓶を顔へ近づけて香りを深く吸い込んだ。


眩い光。グラースの鐘の音。自然の騒《ざわ》めき。

白い壁に写し出された窓枠の静謐な影。

窓辺に咲く鮮やかな薄紫のサフランの花。

フィッシュスープを口にして微笑む榊。

その愛しげな優しい鳶色の瞳――。


「サフラン……？」

ずっと忘れていた感情がこみあげた。

榊とすごした日々がすぐそこにあるかのように蘇っていた。

「父の得意料理だったフィッシュスープの？」

「サフランは香料としてもごく稀に使われるわ……」

弥生は感動に震えていた。

ようやく最後の一パーセントに榊が込めたものがわかったのだ。

「彼はサフランの花も愛していた」

〈ナンバー9〉のストーリーは、トップノートで人生の荒波を乗り越えて欲が削ぎ落とされ、死の予感さえもある凪《なぎ》の状態を表した。

そして、ミドルでは海の奥底に眠っている、時間も空間も次元も超えた奇跡のような強い愛と、愛する人の幸せを願う想いを表現した。

ラストではその愛は不滅で永遠であること、そして、たおやかにいつもすぐそばにあり続けることをメッセージとして込めた。

永遠の愛を、ふたりの愛する香りで表した榊は、魔女を愛し続けていたことを暗示しているかのようだ。

恵麻は弥生を見つめた。

弥生は涙を流しながら微笑んでいた。

純真な弥生の本当の姿だった。

杉斗も弥生を見つめた。

「……父はもうひとつの人生を想像することがあると言っていました。それはこの〈ナンバー9〉をあなたと作り上げたあとの人生だと」

弥生は涙を堪えきれず顔を覆った。


弥生の脳裏に浮かび上がったのは、〈ナンバー9〉のテーマをピアノで弾く榊だった。

未だ聴いたことのない旋律を弾いていた。

これは起こりえなかった未来の姿だ。

榊の横に弥生が現れて、完成した旋律の最後に並ぶ二音に弥生と榊は指をおき、同時に鍵盤を弾いた。

その音は果てしなく、果てしなく響く――。

途切れることなく続く〝永遠の音色〟だ。


杉斗はずっと封印していたはずの言葉を弥生に伝えた。

「僕は、あなたの家族になりたかった」

恵麻もその言葉を聞いて、自分も同じだと感じた。

愛する人を失った三人は、不思議な絆で繋がれていたのかもしれない。

弥生は涙を拭ってふたりに微笑んだ。

「最高の物語ね——」と。

そして、本当の家族のように恵麻と杉斗を抱き寄せたのだった。

# エピローグ

それから再び金木犀の季節が巡ってきた。

恵麻は弥生とともに、プリエールを完成させて発売した。

その香りはたくさんの人を勇気づけて背中を押した。

やがて、世界中から愛される香水になっていった。

恵麻は自然と背筋を伸ばして道を歩けるような、見違えるほど美しい女性へと変化していた。会社の経営は軌道に乗り、今は高渕や真澄と念願叶って、共同開発もしている。日本人でもつけやすく、柔らかで美しい和の香りを追求した。

仕事は何もかもが順調だった。

けれど——今もふとした時に、道に連なる生垣から漂ってくる金木犀の香りに足を止める。

香りを深く吸い込むと、懐かしく愛しい蓮の顔が蘇った。

誰かを深く愛した記憶が今も恵麻の心を強く支えていた。

蓮の優しい微笑みを思い出すと、今でも切なく、そして幸せな気持ちが蘇る。

とても大切な人だった。

家族になっていたかもしれない人だった。

恵麻は遙かどこか遠くにきっと存在している蓮の魂を想った――。

今日も魔女の店の前には、あのモフモフの白猫が魔女の化身のように、赤いビロードの玉座に鎮座していた。

そしてまた、かつての恵麻のように、どうやって生きていけばいいのか、迷路に迷い込んだ若い女性がこの店を訪れた。

彼女がドアを開けると、店内には真っ白い髪をした美しい女性が佇んでいた。

全身黒ずくめの装いをした、かつての魔女はもういなかった。

そこにいるのは白いニットを着た、柔らかな空気を纏った女性だった――。

「いらっしゃいませ。何をお探しですか？」

その女性が振り返ると、そこに魔女がいる。
しかし、生まれ変わったように、その顔は明るく晴れやかだった。
魔女は、また新しいお客さんの幸せをたくらむかのように妖艶に微笑んだ――。

# 解説と感想

調香師をひとことで説明するのは簡単ではありません。あえて言えば「心地よい香りを創造する芸術家であり職人」でしょうか。

本書『魔女の香水』では、登場人物の人生を通して、香水についての興味や理解を深め、調香師の苦労や技術などを垣間見て頂くことができるでしょう。

本作では、「調香監修」という立場で関わらせて頂きました。

ストーリーは、若い女性が自立していく過程を主旋律に、香水を副旋律として、絡み合い交差しながら進んでいきます。ここで、一般の方が持つ香水への憧れや美しいイメージを壊さず、かつ調香に関する部分については、業界や専門家の方がご覧になっても、違和感のないように整えることが必要と考えました。

作中の恵麻の香水開発ノートでは、時間による香りの変化を「トライアングル」で表現しています。ここでは初めての方にもわかりやすいように、トップノート、ミドルノート、ラストノートとして匂い立ちに合わせた香料名が書き込まれています。これらをもとに処方箋（香りの設計図）を書いて調香をしていきます。

弥生たちが使うこの机は、調香師が香りを創る「調香オルガン台」と呼ばれます。数百種類にも及ぶ香料が、まるでオルガンの鍵盤のように並んでいます。

一つの香料が一つの音符となって、いくつかが合わさって和音を作り、それらがさらに連なって旋律を奏でる……。香水を創ることはしばしば作曲に例えられます。また、香料を絵の具に見立てれば絵画表現のようであり、「ことば」に置き換えれば詩や文学にもなぞらえうる、芸術のひとつです。

この一本の香水には、オルガン台から数十種類もの香料が選ばれ、複雑に配合されてい

調香オルガン台

ます。すべての香料は平均的に入っているのではなく、二〇パーセント入っているものがあれば、一〇万分の一のしか入らないものもあります。そのため調香には、たくさんの香料を覚え、組み合わせるといった訓練が必要です。

　しかし技術だけでなく、歩んだ人生が感動の多いものであればあるほど、作品は光彩を放つ美しいものになるでしょう。香水をデザインすることは、他の全ての芸術と同じ、クリエーションの世界なのです。

　物語では、「女性は年齢とともに価値が下がり、やがて賞味期限が切れる」といった台詞が出てきます。私もかつてはそう思っていたかもしれません。しかし年齢とともにそのような考えから卒業して、「人として生きる限り、賞味期限などないのだ」と実感するようになりました。

　香りのクリエーションは、まず自分のうちから湧き出てきたイメージを持つことから始まります。感動、喜び、興味、楽しさ。そんなことからイメージを描き、より具体的に、緻密に埋めていく。私が調香を学ぶときに教えられたことです。

　そうして作ったものは、技術が未熟なうちは期待とはかけ離れたものです。ですがそれが「違う」とわかることによって、その差を埋めるために何度でも修正して、経験と技術を磨き、やがて近づけることができるのです。適当に作ったらたまたまよい香りになったので、適当な名前とイメージを後づけした。そんな偶然にまかせていては、自分の作りたいものは永遠にできないでしょう。

調香作品にしても、人生にしても、スタートは同じ。

今は簡単に手に入る情報がたくさんあります。お金を払えば、考えたり作ったりするプロセス抜きに、すぐに買うことができます。けれども、誰もがやっているから、雑誌にたくさん載っていて流行っているから、……それではいつまでも人任せになってしまいます。そのせいもあるかもしれません。とりわけ若い女性は、どの道を進むのか迷ってしまうように思います。男性でも、自分で「デザインできる」とか、「決められる」ということができなくなっているのではと感じます。

「パッファン・ド・プリエール」という香水店は、ひとりの女性の想いから生まれました。魔女さんと呼ばれる女主人・弥生は、まるで芳香分子の集合体のように、つかもうとしてもつかめないような謎のベールに包まれています。新旧あらゆるブランドの香水を揃え、ソムリエのように、お客様に相応しい一本をセレクトします。

悩み、傷つく人たちをひととき癒し、訪れた人たちが、また新しい明日に向かって行こうという気持ちにさせる空間となっています。過去の想いを内面に秘めつつ、自分の城を作り、周囲との信頼も得て、人生をかたちにしていく。店自体が弥生の作品なのでしょう。いっぽう、若い恵麻は何度も夢を見て、そして破れていきます。やがてその夢が、「香り」を触媒として、意志を持った目標になりました。彼女の中の自立が目覚めたのです。

ですから、作中で恵麻が借金を申し込まれたシーンでは、私は「断れ断れ」と思いながら読んでいました。そこで彼女の選んだ決断は、何を大切にすべきかが明確な意志となって表れたものだと思います。ここに女性の意識の変化と、時代が変わったことを感じました。

調香師の小説と言えば、今から四〇年ほど前に、平岩弓枝の『花祭』という作品がありました。自立するために、調香師として働き始めた女性が主人公です。南仏と東京を舞台にしたロマンチックな物語は、主人公の死という悲劇に終わりました。「家」の呪縛から逃れようとして逃れられないヒロイン。社会の在り方、男女の関係が今とはまったく異なります。

本作は、『花祭』と同じように、秘密めいた、運命的な出会いと流れで進んでいきます。しかし、弥生、恵麻ともに、女性の強さ、逞しさによって人生を切り開いていく未来に、時代の変化を感じさせる明るいラストとなりました。

この舞台のモデルとなったのは、実在する香水店でした。パラレルな世界があるのだとすれば、そして、もしあなたが望むなら。ふとした瞬間に、あの宝石のように美しい店の扉と繋がることでしょう。

この物語が、あなたの背中を押してくれることを祈ります。

二〇二三年五月

大沢さとり
パルファンサトリ代表取締役
フランス調香師協会会員

**小説『魔女の香水』 Special Thanks**

エメラルド倶楽部

358 プロジェクト

菅原智美

Poem Co.,Ltd.

近藤誠

宮武令衣

松田裕美

小林香料

PARFUM SATORI

TBS スパークル

クロスメディア

【著者】宮武由衣（みやたけ・よりえ）

映画『魔女の香水』監督・脚本。早稲田大学教育学部理学科数学専修卒業後、早稲田大学大学院国際情報通信研究科安藤研究室で映画を学ぶ。株式会社 TBS スパークル所属（バイススペシャリスト / チーフディレクター）。映画やドラマの現場で演出やプロデューサーとして活躍。 監督・脚本を手掛けた劇場映画に、『JAZZ 爺 MEN』（2011）東京国際女性映画祭出品、韓国提川国際音楽映画祭出品、『たった一度の歌』（2018）高崎映画祭出品などがある。

# 魔女《まじょ》の香水《こうすい》

●


2023年6月5日　第1刷

著者…………宮武由衣《みやたけよりえ》

企画…………佐倉寛二郎

装幀…………川島 進

題字…………赤松陽構造

発行者…………成瀬雅人

発行所…………株式会社原書房



〒160-0022 東京都新宿区新宿 1-25-13
電話・代表 03（3354）0685
http://www.harashobo.co.jp
振替・00150-6-151594



印刷・製本…………新灯印刷株式会社





ISBN978-4-562-07289-7, Printed in Japan